교실 맨 앞줄

꿈꾸는돌
29

교실 맨 앞줄
학교에 관한 장르 단편집

김성일, 정소연, 구한나리, 박하익, 이지연, 듀나, 이산화, 송경아 지음
송경아 엮음

2021년 5월 10일 초판 1쇄 발행
2024년 4월 30일 초판 8쇄 발행

펴낸이 한철희 | 펴낸곳 돌베개 | 등록 1979년 8월 25일 제406-2003-000018호
주소 (10881) 경기도 파주시 회동길 77-20 (문발동)
전화 (031) 955-5020 | 팩스 (031) 955-5050
홈페이지 www.dolbegae.co.kr | 전자우편 book@dolbegae.co.kr
블로그 blog.naver.com/imdol79 | 트위터 @Dolbegae79 | 페이스북 /dolbegae

편집 권영민·우진영
표지 디자인 민진기 | 본문 디자인 이은정·이연경
마케팅 심찬식·고운성·한광재 | 제작·관리 윤국중·이수민·한누리
인쇄·제본 상지사 P&B

ISBN 979-11-91438-03-1 (44810)
ISBN 978-89-7199-432-0 (세트)

김성일
정소연
구한나리
박하익
이지연
듀나
이산화
송경아

송경아
엮음

학교에 관한 짧은 단편집

교실 맨 앞줄

돌베개

차 례

도서실의 귀신

김성일

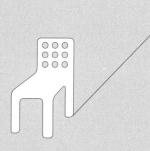

김성일

SF와 판타지를 주로 쓴다.
지은 책으로 『널 만나러 지구로 갈게』 『메르시아의 별』 『별들의 노래』가 있고,
단편집 『엔딩 보게 해주세요』에 「성전사 마리드의 슬픔」을,
『책에 갇히다』에 「붉은구두를 기다리다」를 수록했다.
2018년 「라만차의 기사」로 SF어워드 중·단편소설 부문 우수상을 받았다.
온라인 소설 플랫폼 브릿G에 『메르시아의 마법사』와 『올빼미의 화원』을 연재했다.
1997년부터 도서출판 초여명의 편집장으로 일하면서 『피아스코』를 비롯한
여러 TRPG 작품을 집필하고 번역했다.

엄마가 여기저기로 발령이 나는 바람에, 나는 전학을 자주 다녔다. 초등학교 6학년 때 간 학교가 다섯 번째였다. 그러다 보니 내게는 친구가 없었다. 그 점을 불쌍하게 여기는 어른들이 있었는데, 사실 나 자신은 별로 불편을 느끼지 못했다.

6학년 때의 전학은 1학기 중간쯤이었다. 어디서나 그렇듯 담임이 자기소개와 노래를 시켰다. 조회가 끝나자 반 아이들이 몰려들어, 모든 아이들이 하는 모든 질문들을 해 댔다. 다 몇 차례씩 겪어 본 일이라 순순히 따르고 대답을 했다. 전학생을 향한 호기심은 일주일 정도 지나자 사그라들었다.

얼굴들이 다르고 이름들이 다를 뿐, 학교는 어딜 가나 다 비슷했다. 콘크리트 건물에는 비슷비슷한 구호가 교훈이라고 적혀 있었고, 화단에는 비슷비슷한 식물들이 심어져 있었다. 학과 과정은 더더욱 차이가 없었다. 나는 자연히, 다른 부분보다는 비슷한 부분에서 일상의 연속성을 찾았다.

전학 와서 한 달쯤 지나면 으레 새 담임이 집으로 전화를 걸었다. 애가 학교에 적응을 잘 못한다는 교사들의 걱정에는 엄마 아빠도 익숙해서, 그때마다 대화도 비슷했다.

"아, 그렇군요. …… 많이 걱정하셨지요? 그런데 수현이 수업 태도는 어떤가요? …… 네, 그건 다행이네요. 저희가 이사를 자주 다니다 보니 애가 친구를 못 사귀고 공부만 하네요. 얼마 남지 않은 6학년, 앞으로 잘 부탁드립니다."

엄마는 애가 붙임성은 없어도 공부는 잘하니 초등학교 얼마 남지도 않았는데 호들갑 떨지 말라는 말을 최대한 예의 바르게 했다.

그런 통화가 끝나면 나에게도 돌아오는 것이 있었다. 아빠는 반 친구들에게 떡볶이라도 사 먹이라며 용돈을 꽤 두둑이 주었고, 엄마는 이사를 자주 다녀서 미안하다고, 중학교 들어가면 전근 안 다녀도 되는 자리로 옮기겠다며 치킨을 시켰다.

학교생활의 다른 부분은 어렵지 않았으나, 사교성 없는 나에게 '팀 수행'만은 아무래도 불편했다. 학교마다 부르는 이름은 조금씩 달랐지만, 대여섯 명씩 조를 짜서 뭔가를 하게 하는 과제는 일 년에 두어 번 꼭 있었다. 교사가 조를 짜 주면 그나마 나았다. 그러나 알아서 조를 짜라고 하는 경우, 반 아이들이 나를 힐끔거리며 자기들끼리 수군대는 것이 싫었다. 아이들이 나를 딱히 싫어하는 것은 아니다. 단지 어떻게 대할지 결정하기를 꺼리는 것뿐이다. 나는 어차피 인원이 모자란 조에 끼기 마련이었다.

초등학교 마지막 여름방학을 조금 앞두고, 사회 시간에 팀 수행 과제가 주어졌다. 자기 지역의 전설이나 민담을 조사하라는 내용이었다.

"자기 사는 동네에만 있는 얘기면 제일 좋고, 못 찾겠으면 우리 구, 정 안 되면 서울, 이렇게 조사해 오면 된다. 다른 데 것도 같이 조사해서 간략하게 소개하면 더 좋고. 다음 주에 발표할 거니까 그거 준비도 해 오고."

담임은 과제를 설명한 다음 바로 조를 짜 주었다. 알아서 짜 주는 것은 좋았지만, 나를 어디에 끼워 넣을지 고민하는 것이 얼굴에 뻔히 보였다.

"수현이는, 음, 4조. 이제 자리들 옮기고 상의해라."

역시나 학급회장 조에 들어갔다. 앞줄 구석에 앉은 회장 이동일이 책상을 돌리고 손을 흔들자, 4조에 배정된 아이들이 그리로 모였다. 나도 필기구를 들고 자리를 옮겼다. 이동일이 지체 없이 나섰다.

"우리 아파트에 고양이 귀신 얘기 있어. 세라랑 예준이도 경회아파트 사니까, 각자 부모님한테 그거 물어보고 적어 오면 되겠다."

백민준인지 박만준인지 가물가물한 아이가 말했다.

"나는 거기 안 사는데 뭐 하면 돼?"

이동일은 바로 대답했다.

"너는 인터넷에서 다른 동네 전설 찾아 놔. 채수현, 너 경회

아파트 살아?"

나는 고개를 저었다.

"그럼 너도 인터넷으로 찾아보면 되겠네. 오늘 저녁에 각자 조사해서 내일 학교 끝나고 우리 집에서 만나자."

최세라가 물었다.

"발표는 누가 해?"

"하고 싶은 사람 없으면 나랑 너랑 둘이 하자. 우리 아빠가 PPT도 만들어 줄 거야."

다른 조들은 아직 뭘 할지조차 정하지 못한 것 같은데, 이동일은 일사천리로 역할을 배분했다. 나로서도 그게 편하다. 나는 아무 불만 없이 주어진 역할을 받았다.

수업이 끝났다. 집에 돌아가 봐야 컴퓨터에는 비밀번호가 걸려 있을 테고, 내 전화는 폴더폰이라 검색하기 불편하다. 나는 가방을 짊어지고 1층 미디어실로 향했다. 학교가 문을 닫는 다섯 시까지 거기서 자료 수집을 하고, 나머지는 집에 가서 저녁을 먹고 하면 된다.

교실과 현관을 오가는 경로가 워낙 효율적이라, 미디어실과 양호실이 있는 복도는 관련 수업이라도 있지 않으면 대개 비어 있다. 중앙 현관도, 옆문도 하교하는 아이들로 북적였지만, 계단을 내려와 꺾어져 들어간 복도는 거짓말처럼 조용했다.

햇볕이 들지 않는 오후의 복도를 걸었다. 좀 을씨년스럽다고 생각하고 있는데, 낡은 미닫이문이 열리는 소리가 뒤에서 들렸다.

소리가 난 쪽은 도서실이었다. 있는 줄도 몰랐던 방에 오래된 문패가 붙어 있었다. 문 앞에는 갓을 쓰고 도포를 입은 작달막한 선비가 부채를 들고 이쪽을 올려다보고 있었다. 30센티자보다 조금 큰 키였다.

학교 건물이 오래되었다고 듣기는 했는데 귀신이 다 있구나, 하고 나는 놀랐다. 그러고 보니 교장 훈화 때 귀신을 조심하라는 말을 얼핏 들은 것 같기도 했다. 이런 데 있는 줄 알았으면 굳이 경희아파트 고양이 귀신 얘기를 소재로 할 필요도 없지 않았을까.

그때 선비 귀신이 부채를 까닥거리며 나를 불렀다. 다가가서 쪼그려 앉아 얼굴을 보니 나보다 그리 나이가 많은 것 같지 않았다. 작은 선비는 뒷짐을 지고 도서실로 들어갔고, 나는 그 뒤를 따랐다.

좁은 도서실에는 오래된 책 냄새가 들어차 있었다. 먼지 낀 창문의 쇠창살 틈으로 오후의 햇살이 들어왔다. 나는 도서실 가운데 커다란 탁자의 한쪽 구석에 가방을 내려놓았다. 벽에 걸린 네모난 디지털시계가 오후 세 시를 알리고 있었다.

작은 선비는 암벽 오르듯 책장을 기어올랐다. 그리고 내 손이 닿지 않을 높은 칸에서 자기 몸통만 한 책을 한 권 꺼내 머리에 이고 탁자 위로 뛰어내렸다. 나는 반사적으로 앗 하고 소리를 질렀지만, 선비 귀신은 흰 도포 자락을 펄럭이며 탁자 위에 사뿐히 내려앉았다.

나는 선비 귀신이 내미는 책을 받으며 말했다.

"고맙습니다."

제목은 『서울의 전설과 민담』이었다. 굉장히 낡았다 싶어 맨 뒷장을 살펴보았다. 1980년대에 나온 책이다. 나는 도서실을 둘러보았다. 책등은 다들 색이 바래 있었다. 선비 귀신이 부채로 탁자를 톡톡 두드렸다. 나는 자리에 앉아 책을 펼치고 그 내용을 공책에 정리하기 시작했다.

이 귀신은 모습이 일정하지는 않은지, 까치처럼 보이다가 작은 호랑이로 변하기도 했다. 대체로는 선비 모습을 하고서 때때로 춤을 추며 알 수 없는 노래를 웅얼거렸다. 나는 그 소리를 배경음악 삼아 책을 읽었다.

얇고 글씨가 큰 책이다 보니, 다 읽고 요약까지 했는데도 네 시가 갓 지나 있었다. 나는 자리에서 일어나 도서실의 서가를 훑어보았다.

'-습니다' 대신 '-읍니다'가 나오는 오래된 책들을 꺼내고, 펼치고, 도로 꽂다 보니 다섯 시가 되었다. 나는 선비 귀신에게 고개를 꼬박 숙여 인사를 하고 방을 나섰다. 선비는 추던 춤을 멈추고 탁자에서 폴짝 뛰어내려 나를 배웅했다.

도서실을 나서는데 마침 그곳을 지나던 선생 한 명이 깜짝 놀라며 멈춰 섰다.

"너 몇 학년 몇 반 누구냐?"

"6학년 2반 채수현요."

분명 전에 지나가다 본 선생인데 누군지 기억이 나지 않았다. 선생의 시선이 나를 지나쳐 도서실 문간으로 향했다. 선생의 표정이 아주 살짝 일그러졌다.

"어쩐지 여기 아무도 안 온다 했더니만…… 이런 데 귀신이 다 있었네."

작은 선비는 선생을 향해 콧방귀를 한 번 뀌더니 뒷짐을 지고 도서실 안으로 도로 들어갔다. 문이 스르르 닫혔다.

"6학년 2반 채수현이, 너 귀신하고 노는 거 담임 선생님이 아시냐? 하교 종 친 게 언젠데 아직도 학교에 있어?"

"팀 수행 과제 하느라고요."

아무래도 못마땅하다는 듯 선생이 복도 저쪽을 가리켰다.

"그만 집에 가 봐라."

나는 허리를 대충 숙여 인사하고 자리를 떴다.

집에 가는 동안, 나는 우연히 발견한 보물을 두고 오는 것처럼 내내 가슴이 두근거렸다. 집에 와서도 내일 학교에 갈 생각, 엄밀히 말하면 방과 후에 도서실에 가서 선비 귀신을 만날 생각뿐이었다.

그 생각이 내 표정에 드러났는지, 저녁을 먹는 동안 아빠는 내게 학교에서 무슨 좋은 일이라도 있었느냐고 물었다. 나는 도서실에서 있었던 일을 굳이 말하지 않았다. 애들이 귀신을 만나는 것을, 어른들은 별로 좋아하지 않는다. 하지만 엄마까지 캐묻기 시작해서, 뭐라도 얘기를 해야 했다.

"팀 수행 과제가 있는데 그게 재밌어서."

아빠가 눈을 크게 떴다.

"너 언제부터 그런 것도 좋아했니?"

"뭐, 오늘부터."

엄마가 물었다.

"그러면 학교 끝나고 모이고 그러겠네?"

"응."

"어디서?"

"이동일 집에서 만나기로 했어."

엄마는 이동일, 이동일, 하고 중얼거리다가 말했다.

"걔 학급회장 맞지? 친해?"

"별로."

아빠가 엄마의 어깨에 손을 대고 말했다.

"여보, 나중에 그 집에 전화 좀 해야겠다. 번호 알지?"

"아빠는 또 왜 그렇게 오버야."

"네가 친구 집에 놀러 가는 일이 평소에 있어야 말이지."

"놀러 가는 거 아니야. 발표 준비하러 가는 거지."

이번에는 엄마가 눈이 동그래졌다.

"너 발표도 하니? 해가 서쪽에서 뜨겠네."

"발표는 이동일이랑 최세라가 할 거야. 나는 공책에 조사만
해 가고."

나는 그렇게 말하고 나서야, 내일 이동일 집에 가려면 방과 후 도서실에는 들르지 못한다는 데 생각이 미쳤다.

엄마와 아빠는 내가 숙제 때문에 남의 집에 가는 것이 평생 손에 꼽을 사교 이벤트라도 되는 양 신을 냈다. 나는 그 열기에 조금 지쳐서, 밥에 된장찌개를 부어 재빨리 먹어 치우고 자리에서 일어나 안방으로 갔다. 그리고 컴퓨터 앞에 앉아 외쳤다.

"아빠, 이거 비번 풀어 줘. 팀 수행 자료 더 모아야 돼."

아빠가 밥을 먹다 말고 와서 내 어깨 너머로 키보드에 손을 뻗으며 말했다.

"고개 옆으로 돌리고 눈 감아야지."

시키는 대로 했다. 타자 소리가 끝나는 것을 듣고 나서야 눈을 뜨고 데스크톱 화면을 보았다.

"다른 거 말고 자료 검색만 해."

"응."

가방에서 공책을 꺼냈다. 그리고 오늘 도서실에서 귀신이 꺼내 준 책에 있던 내용을 검색하기 시작했다. 나는 인터넷 서점들에서 '서울의 전설과 민담'을 검색했지만, 이제는 팔지도 않는 모양이었다.

거실에서 TV 소리가 들려왔다. 나는 안심하고 검색창에 'XX초등학교 도서실 귀신'을 쳤다. 대부분은 『서울의 전설과 민담』에 실린 것과 별반 다르지 않은 괴담이었고, 실제로 봤다는 얘기는 둘밖에 없었다. 그나마도 학부모 카페에 올라온, 애들이 귀신에 홀렸는데 어쩌면 좋으냐고 호소하는 내용이었다. 등교하기 전에 소금을 뿌리라느니 책가방에 부적을 넣어 주라느니 하는 댓글이 있었을 뿐 자세한 얘기는 없는 와중에, 추천 수 높은 댓글 하나가 눈에 띄었다.

「뭐가 어찌 됐든 애한테 귀신이랑 어울리지 말라는 말은 절대 하지 마세요. 그랬다가 해코지당했다는 사람도 있어요.」

*

다음 날은 수업 내용이 귀에 잘 들어오지 않았다. 머릿속에는 탁자 위에서 춤추는 선비밖에 없었다. 점심시간에 도서실 앞을 기웃거려 보았지만 문은 잠겨 있었다. 내가 계속 서성거리자 복도 저쪽의 양호실에서 양호 선생이 나와 수상하다는 눈으로 쳐다보았다.

"어디 아프니?"

정말로 건강을 걱정하는 말투가 아니다.

"아니요."

어쩔 수 없이 교실로 돌아갔다. 반 아이들 절반은 아직 운동장에서 돌아오지 않았고, 나머지 절반은 친한 아이들끼리 무리를 지어 떠들고 있었다. 나는 책상에 엎드려 눈을 감았다. 오후 수업은 수학과 영어였다. 다면체의 면적 공식과 가구를 가리키는 영어 단어들이 내 주의력의 가장자리를 바람 잔 하늘의 구름처럼 지나갔고, 나는 삼각기둥과 커피 테이블 위에서 춤추는 작은 선비를 생각했다.

종례가 끝나고 이동일이 내 책상으로 다가왔다.

"오늘 우리 집에서 만나는 거 알지?"

나는 거짓말을 했다.

"어, 나 오늘 일 있어서 못 가."

그 말이 떨어지자마자 이동일의 표정이 사나워졌다.

"야, 그럼 팀 수행은 우리끼리 하라고?"

"내 몫은 어제 다 해 놨어. 정리해 놓은 거 줄게."

이동일이 손을 내밀었고, 나는 가방을 뒤져서 공책을 꺼내 건넸다. 이동일은 내 책상 옆에 서서 공책 내용을 훑었다. 표정이 누그러졌다.

"이거면 되겠다. 어차피 본편은 우리 아파트 고양이 귀신이니까. 대신 네 이름은 맨 뒤에 쓸 거야."

이동일은 다른 4조 아이들과 교실을 나갔다. 신이 나서 도서실에 가려는 나를 담임이 불러 세웠다.

"수현이는 잠깐 나랑 얘기 좀 하자."

담임은 자기 책상 앞에 선 나를 쳐다보지도 않고 일하는 시늉을 하다가, 아이들이 교실에서 모두 나가자 운을 뗐다.

"너 어제 도서실 귀신이랑 놀았다며?"

나는 잠깐 망설였다. 담임은 대답을 딱히 기다리지도 않고 말을 계속했다.

"좀 있으면 방학이잖니. 수현이 너도 전학 온 지 한 달이 넘었는데 친구도 좀 사귀고 해야지. 회장한테도 말을 해 놨으니까 너도 노력을 조금 해라."

그러고는 가 보라며 교실 문을 향해 턱짓했다. 문득 어제 인터넷에서 본 댓글이 떠올랐다. 담임도 귀신과 놀지 말라는 말까지는 함부로 못 하는 모양이었다.

나는 대충 알았다고 대답한 뒤 교실을 나와 재빨리 1층으로 내려갔다. 도서실 문은 어느새 열려 있었고, 귀신은 문간에 기대서 나를 기다리고 있었다. 오늘은 조선시대 선비가 아니라 실크해트를 쓰고 콧수염을 기른 옛날 서양 신사의 모습을 하고 있었다.

귀신이 모자를 벗어서 멋지게 돌리며 허리를 숙여 인사했다. 나도 모자는 없었지만 흉내를 냈다. 신사 귀신은 지팡이를 따각따각 짚으며 도서실에 들어갔고, 나도 그 뒤를 따랐다.

귀신은 책을 이미 탁자에 올려 두었다. 『80일간의 세계 일주』였다. 4학년 때 읽었던 『80일간의 세계 일주』와는 달리 그림이 없고 훨씬 두꺼웠다. 내가 책을 읽는 동안, 귀신은 탁자 위에서 모습을 바꿔 가며 놀았다. 귀신은 파스파르투의 모습으로 춤을 추기도 했고, 기차가 되어 탁자를 돌기도 했다. 돛을 단 썰매가 책 위를 날듯 지나쳤을 때는 나도 깜짝 놀라서 큰 소리로 웃었다.

다섯 시가 되었다. 나는 쪽수를 기억해 놓고 책을 덮으며 신사의 모습으로 돌아온 귀신에게 말했다.

"고맙습니다. 내일 와서 마저 읽을게요."

신사 귀신은 도서실 앞에서 만났을 때처럼 모자를 돌리며 허리를 숙여 작별 인사를 했다. 나도 똑같이 흉내를 내고 집으로 돌아갔다.

그날 저녁은 웬일로 피자를 시켜 먹었다. 아빠랑 엄마는 내가 전학 와서 처음으로 친구 집에 간 얘기를 해 주길 바라는 눈치였다. 나는 거짓말을 하고 싶지 않았지만, 안 갔다고 하면 둘이 실망할까 봐 얼버무렸다.

"집이 집이지, 뭐. 그냥 그랬어."

아빠가 말했다.

"앞으로도 그런 일 있으면 챙겨서 가. 오래가는 친구가 될지도 모르잖아?"

나는 아빠랑 엄마를 번갈아 쳐다보았다.

"엄마랑 아빠는 초등학교 때 친구 지금도 만나?"

둘은 곤란한 얼굴이 되어 서로를 쳐다보았다. 엄마가 입을 뗐다.

"우리는 아니지만 그런 사람들도 있어."

"누구?"

엄마가 어색하게 웃고 말했다.

"어딘가 있겠지!"

그 말을 듣고 낄낄거리는 아빠의 어깨를 엄마가 손바닥으로 때렸다. 아빠가 가짜로 아픈 시늉을 하고는, 살짝 진지해진 얼굴로 내게 말했다.

"너는 전학을 많이 다녔고, 당장 내년이면 중학교 들어가잖니. 그러니까 지금 만나는 애들을 다시는 못 볼 수도 있는 건 맞아. 그런데 사람 사귀는 것도 자꾸 해 봐야 잘할 수 있는 거야. 지금 있는 친구들이랑 즐겁게, 친하게 지내 봐야지. 그래야 다음에는 다음 친구들이랑 빨리 친해질 수 있잖겠니?"

밥상에서는 건성으로 고개를 끄덕이고 콜라를 홀짝거렸지만, TV 앞에 앉아서도 자려고 누웠을 때도 아빠의 말이 계속 머리를 떠나지 않았다. 중학교에 가면 도서실 귀신과도 작별이다. 이쪽이야말로 달리 연락할 방법도 없고 나중에 다시 만날 방법도 없다. 그러니 만날 수 있을 때 만나야겠다는 결론을 내리고, 나는 잠이 들었다.

그 후로 나는 매일, 방과 후 두 시간씩을 도서실에서 보냈다. 귀신은 내가 갈 때마다 낡은 책을 하나씩 권했다. 『80일간의 세계 일주』를 다 읽은 뒤에는 같은 작가의 『해저 2만 리』를 꺼내 주었고, 그다음에는 『백경』과 『레미제라블』 중에서 고르게 했다. 『레미제라블』을 먼저 읽었지만, 결국 『백경』도 읽었다. 모두 수십 년은 묵은 책이었고, 원저는 그보다 백 년은 더 된 것들이었다.

친구들이랑 맛있는 것 사 먹으라고 엄마 아빠가 준 용돈을 들고 시내 서점에 갔다. 그리고 도서실에서 본 적 없지만 재미

있어 보이는 책들을 사서 주중에 도서실로 가지고 갔다. 그러면 귀신은 기뻐서 뛰듯이 춤을 추고는 내 옆에서 모습을 바꿔가며 엄청난 속도로 책을 읽었다. 다 읽고 나면 엄지손가락을 들거나 내려서 책을 평가했다.

보름 정도 지나자 반에서는 내가 귀신과 논다는 소문이 돌았다. 나를 보는 담임의 시선에서 갈수록 걱정이 사라지고 짜증이 짙어졌다. 나는 별로 신경 쓰지 않았다. 수업을 잘 듣고 숙제만 빼먹지 않으면 문제가 생길 일은 없었다. 반 아이들이 나를 보고 수군거리다가 눈이 마주치면 고개를 돌리는 것도 무시하면 그만이었다. 방과 후가 있으니까, 다 괜찮았다.

『빨간 머리 앤』 시리즈를 읽다가 중간 권이 없어 『폭풍의 언덕』으로 갈아탔을 무렵에는 이미 1학기가 끝나 가고 있었다.

그날도 도서실에서 귀신과 함께 책을 읽다가 다섯 시에 학교를 나왔다. 비어 있어야 할 현관에 구두 두 켤레가 놓여 있었다. 아직 직장에 있어야 할 엄마와 아빠가 모두 일찍 집에 와 있는 것이다. 신발을 벗고 들어가 보니 둘 다 팔짱을 끼고 거실 소파에서 나란히 기다리고 있었다.

"수현아, 거기 앉아 봐라."

아빠가 손가락으로 마룻바닥을 가리켰다. 분위기가 심상치 않았다. 나는 집에서 야단맞을 때 으레 하듯이 방석을 가져와서 소파 앞에 놓고 앉았다. 엄마가 이어받았다.

"너 학교 세 시에 끝났지. 두 시간 동안 어디서 뭐 했어?"

"도서실에서 책 읽었어."

엄마의 눈매가 날카로워졌다.

"오늘 담임 선생님한테 전화 왔어. 너 학교 친구들하고는 말도 안 하면서 귀신하고만 논다며?"

가슴이 덜컹했다. 선생이 집에 고자질하는 것은 처음 당하는 일이다. 아빠는 몇 년 새 본 적 없는 무서운 얼굴로 나를 노려봤다. 엄마가 계속 말했다.

"너, 엄마랑 아빠가 항상 뭐라고 그랬어? 수업 시간에 딴짓하지 마라, 반 친구들하고 친하게 지내라. 우리가 너한테 언제 강제로 뭘 시켰니, 아쉬운 소리 한 마디를 했니? 초등학교 다닐 동안은 하고 싶은 거 하게 두려고 학원도 안 보내고 공부하라는 말도 안 했는데, 학교에서 귀신하고 어울려?"

아빠가 엄마의 무릎에 손을 얹었다. 엄마가 아랫입술을 깨물었다. 나는 전력으로 항의했다.

"어차피 내년에 중학교 가는데 귀신이랑 놀면 좀 어때? 도서실에서 같이 책만 읽는단 말이야."

아빠가 드디어 입을 열었다.

"너 지금은 아무렇지도 않은 것 같지. 귀신하고 놀면 어떻게 되는지 알아? 사람 세상하고 그만큼 멀어지는 거야. 너 앞으로 어떡할 거야? 커서 무당 될 거니?"

나는 소리를 빽 질렀다.

"그래서 어떡하라고! 도서실 가지 말라고? 귀신이랑 놀지 말라고?"

나는 엄마 아빠가 겁먹기를 바랐다. 해코지가 두려워, 귀신과 어울리지 말라는 말을 차마 못 하기를 기대했다. 그러나 아빠가 주저 없이 받아치는 말에 나는 곧바로 후회했다.

"그래! 내일부터 도서실 가지 마! 귀신이랑도 놀지 말고! 세시에 학교 끝나면 바로 집에 와서 셀카 찍고 아빠한테 보내!"

나는 벌떡 일어나서 방에 들어가 문을 쾅 닫고 침대에 엎드렸다. 더 이상 도서실 귀신을 만날 수 없다는 것도, 아빠가 귀신에게 해코지를 당할 것도 두려워 베개에 얼굴을 처박고 울었다.

다음 날 아침, 나는 아빠도 엄마도 아직 잠든 여섯 시에 저절로 눈을 떴다. 바로 자리에서 일어나 옷을 입고 가방을 짊어진 뒤 세수도 하지 않고 집을 나섰다. 방과 후까지 기다릴 수 없었다. 한시 바삐 도서실에 가야 했다. 귀신을 한 번이라도 더만나고 싶었고, 아빠에게 해코지하지 말라고 부탁하고 싶었다.

여섯 시 반도 되지 않아 학교에 도착했다. 나는 실내화로 갈아 신지도 않고 현관을 지나 꺾인 복도를 달렸다. 도서실 문은 열려 있었지만, 문간에 귀신은 보이지 않았다.

"나 왔어요!"

그렇게 외치고 들어가 보니, 귀신은 나와 똑같은 모습을 하고 있었다. 단지 키가 훨씬 작고, 머리가 몸에 비해 더 클 뿐이었다. 내가 전에 가져다준 『난장이가 쏘아 올린 작은 공』을 탁자에 펼쳐 놓고 그 위에 엎드려서 읽다가 나를 올려다보았다.

"이제 도서실에는 더 못 와요. 하지만 아빠는 용서해 주세요……."

나는 울먹였다. 귀신은 고개를 갸웃하더니 탁자에서 폴짝 뛰어내렸다. 바닥에 내려선 귀신은 어느새 양복 조끼를 입고 회중시계를 찬 토끼가 되어 있었다.

토끼 귀신이 나에게 따라오라고 손짓했다. 나는 항상 그렇듯 그 뒤를 따라갔다. 토끼는 제일 안쪽 서가의 아래에서 두 번째 선반에 꽂힌 『이상한 나라의 앨리스』 앞에서 멈추더니 장갑 낀 두 손으로 힘겹게 책을 꺼냈다. 그리고 책이 아니라 책을 뽑은 자리를 가리켰다.

나는 그 빈자리를 들여다보았다. 책등과 폭이 같은 작고 파란 문이 보였다. 토끼는 그쪽으로 다시 손짓했다.

"여기 들어가라고요? 이렇게 작은데?"

그런데 그렇게 말하고 나니 어느새 나는 선반 위에 올라서 있었다. 좌우에 꽂힌 책들이 마치 거대한 건물 벽처럼 보였다. 엄지손가락보다 조금 더 컸던 문은 이제 저택의 대문 같았다.

토끼 귀신이 문을 열었다. 어두운 도서실과 달리, 파란 문 저편은 눈이 부시도록 밝았다. 제대로 보이지도 않는 풍경을 향해 나는 발을 내디뎠다.

여기도 오래된 종이 냄새가 진동했다. 눈이 빛에 적응하자, 다양한 크기와 색깔의 책장들이 숲처럼 늘어선 모습이 보였다. 돌아본 문이 도로 작아진 것을 보니 내 몸은 원래대로 돌아온 것 같았지만, 이 거대한 도서관에 비하면 없는 것이나 마찬가지로 작았다.

귀신은 어른 크기가 되어 있었다. 검은 티셔츠와 청바지 위에 거친 질감의 갈색 재킷을 걸치고 안경을 쓴, 대학생 정도 되어 보이는 모습이다. 분명히 처음 보는 얼굴이었지만, 나는 그 얼굴이 굉장히 익숙하다는 착각이 들었다.

귀신이 나를 보고 웃으며 유독 작은 서가 하나에 다가가, 옆면에 붙은 표지판을 손으로 톡톡 쳤다. '채수현이 지금까지 읽은 것들'이라고 쓰여 있었다. 거기 꽂힌 책들을 살펴보았다. 『레미제라블』도, 『백경』도, 『광장』도 있었다.

나는 다음 서가로 걸어갔다. '채수현이 앞으로 읽을 것들'이라고 적혀 있다. 그 옆에 늘어선 서가들에도 제목조차 들어 본 적 없는 책들이 잔뜩 있었다. 어떤 것은 꺼내서 펼쳐 보니 안에 움직이는 그림이 들어 있었다.

"읽을 것들이 이렇게 많구나……."

나는 그렇게 중얼거렸다. 대학생 귀신이 다가와 내 손을 잡았다. 그러더니 눈을 한 번 마주치고는, 책들의 숲 더 깊은 곳으로 데려갔다. 그곳에는 '채수현이 앞으로 읽지 못할 것들'이라는 표지판들이 보였다. 그 광대한 풍경 앞에서, 나는 반쯤 슬프고 반쯤 경이로운, 이상한 기분이 되었다.

귀신은 한참 동안 그 서가들을 바라보다가 내게로 고개를 돌렸다. 그리고 처음이자 마지막으로 소리 내어 말했다.

"나중에 또 만나자."

그 어조에는 일종의 확신이 있었다.

귀신은 사라졌고, 나는 어디로 가야 할지를 몰랐다. 하지만 여기가 위험하거나 무섭다는 생각은 전혀 들지 않았다. 나는 '채수현이 앞으로 읽을 것들' 책장에서 잡히는 대로 책을 한 권 꺼냈다. 『어스시의 마법사』라는, 제목도 들어 본 적 없는 책이었다. 그리고 바닥에 주저앉아서 책을 읽다 잠이 들었다.

정신을 차렸을 때, 나는 도서실 탁자에 펼쳐진 『어스시의 마법사』 위에 엎어져 있었다. 벽에 걸린 시계는 오전 여섯 시를 알렸고, 귀신은 보이지 않았다.

"이상하다. 여기 온 게 여섯 시 반인데."

호주머니에서 휴대폰을 꺼내 시간을 확인했다. 부재중 전화가 100통이 넘었다. 아빠, 엄마, 담임, 심지어는 할머니한테도 와 있었다. 나는 얼른 엄마에게 전화를 걸었다.

"수현이니? 수현이니?"

엄마는 전화를 받자마자 굉장히 다급한 목소리로 말했다.

"응. 왜 전화를 이렇게 많이 했어?"

"너 어제 어디 갔었어? 어디서 잤어?"

엄마가 무슨 소리를 하는지 갈피를 잡을 수 없었다.

"응?"

아빠가 전화를 바꿔 받더니, 역시 이해할 수 없는 당황스러운 소리를 했다. 휴대폰이 엄마 아빠 손을 몇 차례 오간 뒤에야 내가 만 하루 동안 실종 상태였다는 것을 알았다. 두 사람은 내가 어제 야단을 맞고 가출했다고 생각한 모양이었다.

아무도 내게 드러내 놓고 화를 내지 않았지만, 그 뒤로 나는 도서실 출입을 금지당했다. 이제 거기서 귀신을 만날 수 없다는 느낌이 들었기 때문에, 그 자체는 별로 아쉽지 않았다.

정말 귀찮은 일은 따로 있었다. 내가 하루 동안 자취도 없이 사라졌다는 소문은 빨리도 돌아서, 이제 나는 학교에서 귀신과 노는 아이가 아니라 귀신에 홀린 아이로 통했다. 나는 심리 상담을 받아야 했고, 급기야는 무당까지 만났다. 학교에서는 여름방학 동안 도서실에서 아이들 몰래 굿을 했다는 말도 있었다.

그 뒤로는 엄마도 아빠도 내게 더 이상 학교 친구들과 친하게 지내라고 하지 않았다. 그저 귀신과 어울리지만 않으면 다행이라고 여기는 것 같았다. 그러나 아빠가 전에 했던, 귀신을 가까이하면 사람으로부터는 그만큼 멀어진다는 말은 틀리지 않았던 것 같다. 나는 중학교 3년, 고등학교 3년을 입시 준비 외에는 거의 책만 읽으면서 보냈다. 돌이켜 생각해 보면, 그 '채수현이 앞으로 읽지 못할 것들' 서가를 본 것이 계속 마음에 걸렸던 것 같다.

내가 귀신을 다시 만난 것은 대학교 2학년 가을이었다. 방학 중에도 열람실은 자리를 잡을 수 없을 정도로 붐볐지만, 개

가식 서가는 항상 호젓했다. 그날도 느긋하게 책을 한 아름 골라서 대출대로 가고 있는데, 절대 대학생으로 보이지 않는 아이 하나가 서가 구석에 쪼그려 앉아서 책을 읽고 있는 모습이 보였다.

누가 동생이나 조카라도 데려왔나 하고 지나치려는데, 아이가 마침 고개를 들고 나를 쳐다보았다. 그 아이가 읽고 있는 책은 『어스시의 마법사』였다. 그간 희미해져 가던 기억들이 한꺼번에 되살아났다. 그제야, 나는 어린 시절 보았던 귀신이 누구인지 알았다.

두 팔에 들고 있던 책을 내려놓을 책 수레를 찾아 두리번거리다 보니, 어느새 아이는 사라지고 없었다. 나는 또 귀신에 홀렸구나 싶어 고개를 절레절레 젓고, 대출대로 가서 사서에게 책을 건네며 말했다.

"여기 귀신 있는 거 아세요?"

사서가 대출 절차를 밟으며 아무렇지도 않게 말했다.

"도서관에는 항상 있잖아요."

나는 어깨를 으쓱하고 책들을 가방에 집어넣었다. 보안 게이트를 통과하면서 초등학생 내가 앉아 있던 서가 구석을 돌아보았지만, 역시 그 자리에는 아무도 없었다. 나는 가방을 고쳐 메고 심호흡을 한 뒤 도서관을 나섰다.

교실 맨 앞줄

정소연

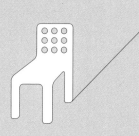

정소연

2005년 과학기술 창작문예 공모전에서 수상하며 소설을 발표하기 시작했다.
지은 책으로는 『옆집의 영희 씨』와 『이사』가 있고,
단편집 『팬데믹—여섯 개의 세계』에 「미정의 상자」를,
『언니밖에 없네』에 「깃발」을 수록했다.
옮긴 책으로는 『노래하던 새들도 지금은 사라지고』 『어둠의 속도』
『다른 늑대도 있다』 『허공에서 춤추다』 등이 있다.

나는 항상 맨 앞줄에 앉았어.

맨 앞줄은 인기가 없지. 맨 앞줄에 앉으면 수업 시간에 딴짓을 할 수가 없어. 잠깐 졸기도 어려워. 선생님의 침이 튀기도 하고 책상을 옮겨야 할 때도 있지. 아무도 답을 안 하거나 손을 안 들 때 선생님이랑 눈 마주치기 딱 좋은 자리라 항상 신경을 곤두세워야 해. 다른 아이들이 모두 등 뒤에 있으니 교실 분위기도 알기 힘들어. 그래도 나는 맨 앞줄에 앉았어.

있잖아. 맨 앞줄에 앉은 사람에게 교실은 직사각형이 아니라 사다리꼴이야. 앞쪽은 짧은 윗변, 뒤쪽은 긴 아랫변. 교실 뒤쪽이 언제나 더 넓어. 뒤쪽에 더 많은 사람이 있고, 뒤쪽에서 더 많은 사건이 일어나지. 원래 뒤에 있을 때 더 많은 걸 보는 법이잖아.

맨 앞줄에 앉는다는 건, 그 넓은 공간을 뒤로하고 교탁과 칠판만 보이는 아주 작은 공간에 머무른다는 뜻이야. 맨 앞줄에만 계속 앉으면, 뒤에서 일어나는 일을 보지 않고, 뒤에서 들리는 소리를 듣지 않고, 뒤에 있는 사람들과 섞이지 않게 돼. 사다리꼴의 빗변을 따라 등교해서, 윗변에 가만히 앉아 수업을 듣다가, 다시 빗변을 따라 하교하면서, 3차원 공간에서 2차원적으로 지내는 거야.

3차원 입체가 2차원에서는 선처럼 보이고, 이것을 다시 1차원에서 보면 점이 된대. 나는 3차원인 교실에서 납작한 선처럼, 교실 바닥에 얼룩점처럼 존재하는 나를 상상해. 가끔은 얼룩만큼의 존재감도 없어. 사다리꼴을 그리다 잘못 그은 선이 더 어울리겠다. 자를 대고 그을 때 자와 펜 사이의 각도를 잘 맞추지 못하면 펜이 튀면서 삐죽 곡선을 그릴 때 있지? 나는 딱 그렇게 튀어나온 선처럼 교실에 앉아 있어. 제대로 그린 선에 너무 가까이 있어 지우기 까다롭고, 수정테이프를 여러 번 요령껏 꺾어 가며 칠해야 겨우 지울 수 있는, '아, 저기만 도려낼 수도 없고 어떡하지'라고 생각하며 한숨 쉬게 만드는 그런 얼룩 같은 선.

얼룩이든 삐져나온 선이든 작을수록 그나마 낫지. 나는 몸을 옹송그리고 존재감을 더 지우려 노력해. 얼룩이 움직이면 눈에 띄니 온종일 되도록 가만히 앉아 있어. 수업 시간에는 고개를 들고 쉬는 시간에는 엎드려. 점심시간에는 다른 아이들이 모두 나간 다음에 급식실에 가고, 하교할 때는 누구보다 빨리 교실을 빠져나가. 다른 아이들과 섞이지 않게. 밟히는 얼룩도 발에 채는 선도 되지 않게.

가장 싫은 건 2인 1조 과제야. 우리 반은 학생 수가 짝수거든. 홀수면 어차피 한 명이 남으니 내가 혼자 하면 되는데, 짝수면 누군가는 나와 함께 해야 해. 내 뒤로 펼쳐진 드넓은 교실에서 23명이 눈치 게임을 하는 동안, 나는 '스스로 원하지 않은 것이 확실하지만 정말 어쩔 수 없이 쟤와 한 조로 과제를 해야 하는 사람'이 정해지기를 기다려. 가끔은 그런 눈치 게임이 두 번 세 번씩 반복되고, 나는 아무 일도 없는 것처럼 앞만 보고 앉아 있어. 그 시간을 통째로 들어낼 수 있으면 좋을 텐데. 어쩔 수 없이 내 옆으로 떠밀려 올 사람을 기다리는 시간은 고통스러워.

일단 짝이 된 뒤에 같이 과제를 하는 건 괜찮아. 어차피 해야 할 일도 같이 있을 시간도 정해져 있으니까. 그건 어쩔 수 없는 거잖아. 다들 어쩔 수 없는 일에는 너그러워지지. 이렇게 생각해 보니, 아무래도 내 존재는 어쩔 수 없는 게 아닌가 봐. 애들이 나한테 너그럽지 않은 걸 보면.

2인 1조 과제만큼이나 싫은 건 화장실이야. 내가 잘못 그은 선이라면 화장실에 가지 않아도 될 텐데, 나는 사람이라, 등교해서 물 한 모금 안 마셔도 화장실을 가야 할 때가 있어. 생리할 때는 더 자주 가야 하고. 가끔은 수업 시간에 화장실에 가. 선생님께 허락을 받아 빈 화장실을 쓸 수 있다면 가장 좋거든. 아무도 없는 화장실이 가장 안전하지. 하지만 날마다 수업 시간에 화장실을 갈 수는 없잖아. 아니, 일주일에 하루, 그러니까

한 달에 네 번만 그렇게 해도 나는 날마다 수업 흐름을 끊고 화장실을 다녀오는 애가 될 거야. 내게 들러붙은 음침한 별명과 소문 들에다, 수업 시간마다 화장실을 간다는 말까지 보태긴 싫어. 소문이 99개 붙어 있다고 해서 100번째 소문을 초연히 들을 수는 없다고. 게다가 이건, 내가 수업 시간에 화장실을 몇 번 가고 나면 완전히 거짓말도 아니게 될 테니까. 소문이란 게 그렇잖아. 정말 터무니없는 말과 조금쯤은 근거가 있는 얘기가 섞여 교실 뒤편, 사물함과 청소 도구와 목소리 큰 아이들과 친구가 많은 아이들 사이를 굴러다니며 먼지 공처럼 덩치를 키우지. 내 등 뒤로는 이미 아주 커다란, 나를 잡아먹을 것처럼 큰 소문 공이 굴러다니고 있어. 그걸 더 키우고 싶지는 않거든. 게다가 화장실은 좀, 지저분하잖아. 나는 소문과 달리 결벽증은 아니지만, 소문과 달리 깔끔하다고.

화장실 얘기로 돌아가자면, 그래서 나는 점심시간이 끝나기 직전에 화장실을 가. 우리 교실은 2층이니까 3층 화장실에 얼른 뛰어갔다 와. 예전에는 여기나 저기나 하는 생각으로 교실에서 가장 가까운 화장실에 갔는데, 음, 같은 반, 같은 학년 학생들이 많이 쓰는 화장실에 가는 건, 음, 피하게 됐어. 생리할 때는 영어B, 수학, 사회2, 보건 시간 전에 가. 수업 시작종이 울린 다음에 들어가도 선생님이 혼내지 않으시거든. 아니면 다들 나가느라 바쁜 체육이나 미술 시간 전에 혼자 화장실로 뛰어가기도 해. 생리 기간에 화장실을 자주 가야 하는 게 너무 힘들어서 피임약도 먹어 봤어. 피임약을 생리 첫날부터 죽 먹으면 생리 기간에 생리혈이 거의 안 나오는 거 알아? 그러면 화장실을 평소 생리할 때만큼 자주 가지 않아도 되거든. 그런데 당분간은 피임약을 먹기가 좀 그래. 약국에서는 시험 기간에 생리통이 심해서 그렇다고 하면 살 수 있는데, 지난번에 엄마한테 피임약 먹는 걸 들켰거든. 엄마가 왜 피임약을 먹느냐고 물어보셔서 생리하면 공부하는 데 방해되니까 먹었다고 했지. 엄마는 내 말을 완전히 믿지는 않은 것 같아. 피임을 안 하는 것보다는 하는 게 낫지만 너는 어리니까 약을 먹지 말고, 피임약 먹게 하는 남자랑은 사귀지 말라며 혼내셨어. 나는 그냥 화장실을 가고 싶지 않았을 뿐이고, 내가 화장실을 가지 않으려는 이유를 되짚어 보면 다른 건 몰라도 내게 피임약 먹게 하는 남자 같은 건 절대로 있을 수 없는데. 하지만 이런 얘기를 할 수는 없으니 그냥 적당히 혼나고 지나갔어. 탐폰을 써 보고 있는데 좀 어려워.

학교에서는 시간이 다르게 흘러. 수업 시간 45분이 쉬는 시간 10분보다 훨씬 짧게 느껴져. 쉬는 시간에는 들리는 소리에 귀를 닫고 보이는 것에 눈을 가려야 하는데, 이게 잘 안 될 때가 있거든. 그러면 10분이 100분처럼 흘러.

나 들으라고 하는 말을 아예 안 들을 순 없더라. 아무리 노력해도 안 돼. 아직도 가끔은 눈물이 나. 울어서 해결되는 건 아무것도 없는데. 기분이 나아지지도 않고. 아무도 없는 집에서 이불을 머리 위로 덮어쓰고 베개를 손에 꼭 쥐고서 울고 나면, 남는 건 코 푼 휴지와 저게 나구나 싶은 눈물 얼룩과 두통뿐이지. 대체 어떻게 하면 울지 않는 사람이 될 수 있을까?

응, 맞아. 나는, 할 수만 있다면 듣고 싶지 않은 소리는 차단해 버리는 능력이나 어떤 상황에도 눈물이 나지 않는 능력을 고르고 싶었던 것 같아. 초능력이란 게 간절한 사람에게 생기는 것이었다면, 나는 눈막귀막 초능력자나 눈물증발 초능력자가 되었을 거야.

이것도 내 마음대로는 되지 않아서, 교실이 부서졌지.

처음에는 내가 그랬을 거라고 생각도 못 했어. 물론 학교에 가지 않아도 되는 상황을 바라긴 했어. 간절히 바랐지. 내 탓이 아닌 사건이 일어나길 바랐어. 아무도 없는 밤에 학교 건물이 무너진다거나, 교문부터 중앙 현관, 교실 문과 창문까지 학교에 달린 문이란 문은 모조리 벽으로 변해 버린다거나, 뭔가, 사람은 안 다쳤지만 당장 학교는 가지 않아도 되는 그런 사건 있잖아. 항상 바랐어. 평소보다 더 간절히 원한 날도 있었지. 앉을 자리를 새로 정하는 날. 전날 뒤에서 '들려온' 얘기에 몇 시간을 울어 눈이 퉁퉁 부은 날. 나는 알지도 못하는 아이가 내 어깨를 툭 치고 지나가며 낄낄댄 날. 화장실에 갇힌 날. 그렇지만 그런 날에도 나는 교실 맨 앞줄, 앞문 바로 앞자리에 잘못 그은 선처럼 숨죽이고 앉아 하루를 보냈어.

그 일이 벌어진 건 오히려 평범한 날이었어. 평범하게 모두가 나를 못 본 체하고, 나는 아무 소리도 들리지 않는 양 앞만 보고 앉아 있던 5교시. 교실이 썩둑 잘리듯 갈라지고, 바닥과 벽이 부서졌어. 수학 선생님과 반 전체가 수업하던 모습 그대로 순식간에 운동장으로 옮겨지고, 교실은 마른 나뭇잎처럼 조각났어. 콘크리트나 시멘트가 아니라 종이를 오려 내는 것처럼 아주 간단하게. 아래층은 천장이, 위층은 바닥이, 앞 반과 뒤 반은 교실 앞뒤 벽면이 하나씩 사라졌지만, 신기하게도 원래 그렇게 생긴 것인 양 멀쩡히 그 자리에 있었어. 부서진 콘크리트가 운동장 한가운데에 차곡차곡 쌓였고, 먼지는 하나도 일지 않았지. 나도 운동장으로 이동했어. 마치 내 몸에 딱 맞는 투명한 직육면체 안에 들어가 있는 느낌이었어. 풍선하고는 좀 달랐어. 탄성도 전혀 없고 풍선 같은 부드러운 곡면 대신 각진 모서리가 분명히 느껴지는 아주 좁고 견고한 공간으로 옮겨진 것 같았어. 세워 둔 관에 들어가는 거랑 비슷할 것 같아. 들어가 본 적은 없지만 말이야. 답답하진 않았어. 아, 이건 나만 그랬을 수도 있어. 다른 애들한테는 훨씬 더 넓은 교실이 나한테는 세상 어디보다 답답했으니까.

학교 내부가 비워지고 건물 전체가 접근 금지 구역으로 지정되었어. 안전 문제로 더 이상 학교에 들어갈 수 없었어. 꿈같았어. 솔직히 너무, 너무 좋았어. 당장 수업할 다른 공간이 없어서 남은 학기는 온라인 수업으로 진행한다는 통신문을 받았을 땐 행복하기까지 했어. 더는 내가 들어간다는 티를 내면서도 그 이상 눈에 띄지는 않도록 숨죽여 교실에 들어가는 미션을 수행할 필요도, 화장실에 가지 않으려고 목이 마른 걸 참거나 점심시간만 기다릴 필요도 없었어. 복도 맞은편에서 누가 다가올 때마다 지나가며 내 어깨를 치거나 나를 노려보거나 입속으로 나한테 욕을 할까 봐 긴장하지 않아도 되었어. 화면에 떠 있는 다른 학생들의 얼굴 위로 빈 메모장을 덮었어. 아마 그 한 달이 내 16년 삶에서 가장 행복한 시간이었을 거야. 안도감이 해일처럼 나를 덮쳤어. 성적이 올랐어. 변비도 나았어. 교실에서 몸을 구기고 앉아 있지 않은 덕분인지 원래 클 키였는지는 몰라도, 갑자기 키까지 컸어. 3학년부터 순차적으로 공간을 마련할 텐데, 상황이 상황이다 보니 우리 학년은 졸업할 때까지 온라인 수업만 받을 수도 있다는 소식을 듣고는 너무 기뻐 하늘을 날 것 같았어.

그렇게 생각한 순간 붕 떠오른 바람에 내가 초능력자라는 사실을 알게 되었지. 선생님도, 학생들도, 나도.

있잖아, 그거 알아? 사실 내가 초능력자라는 거, 이게 그나마 가장 나아. 나를 쳐다보지 않고 내가 쳐다볼 수도 없는 23명과 같은 교실에서 숨 쉬고 수업을 듣는 것보다는 혼자 건물을 부수고 공간을 쪼개는 초능력자인 편이 훨씬 나아. 일반 학교도 못 다니고, 친구도 못 사귀고, 신분도 능력도 숨긴 채 감시당하며 사는 삶이 어떻게 더 나을 수 있느냐고 할지 몰라. 그렇지만 말이야, 초능력자는 실재하잖아. 아무도 초능력자의 존재를 의심하지는 않잖아. 괴이한 일이 벌어지면 무섭고 꺼림칙하다고 피할지언정 초능력자가, 내가 존재한다는 사실을 부정하지는 않잖아.

나는 내 어디가 어떻게 잘못되었는지, 내가 뭘 잘못했는지, 내 무엇이 그렇게 밉고 싫은지 허공에 대고 묻고 또 묻는 일에 지쳤어. 나를 원치 않는 사람들 사이에 잘못 그은 선처럼 머무르고 싶지 않아. 이제 나는 나를 싫어하는 사람을 만나면 '저 사람은 초능력에 편견이 있나 보다' 하고 생각할 수 있어. 정말로 그런지는 중요하지 않아. 뭐든 내가 이해할 만한 이유가 있으면 돼. 이유조차 없는 고립보다는 지금이 나아.

더는 내가 교실 맨 앞줄의 삐져나온 선이나 바닥에 스며든 얼룩이라고 상상하지도 않아. 정말 선이나 얼룩이 될 수 있느냐고? 그건 아직 몰라. 더 관찰해 봐야 아는데, 보호관찰소 선생님이 혹시 모르니까 그런 내 모습을 너무 구체적으로 떠올리지는 말래. 나도 선이나 얼룩이 되고 싶지는 않으니까, 아마 괜찮을 것 같아.

그리고 있잖아, 이건 비밀인데, 우리 반 애들을 전부 운동장으로 옮겼던 날, 다른 곳, 그러니까 학교에서 아주 멀고 험한 곳으로 보내 버리고 싶은 애들이 있었어. 멀지 않다면 화장실처럼 지저분한 곳도 좋았을 테고. 예전에 내가 갇혔던 2층 동관 끝 화장실 같은 곳 말이야. 생각을 안 한 건 아니야. 보호관찰소 선생님한테는 말하지 않았지만, 사실 마음만 먹으면 그 애들을 보내 버릴 수 있었겠다는 느낌이 점점 더 강하게 들어. 그렇지만 당분간 이대로 있으려고 해. 교실을 부순 것만으로도, 일단은 충분하니까.

백 명의 공범과 함께

구한나리

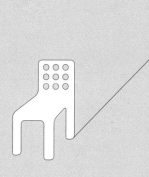

구한나리

고등학교 수학 교사이며 작가. 환상문학웹진《거울》소설 필진이자 편집위원.
2009년 일본 연수생 시절 단편 「神社の夜」(신사의 밤)으로 유학생문학상에
입선했고, 2012년 장편 『아홉 개의 붓』으로 조선일보 판타지 문학상을 수상했다.
토피아 단편선 1(유토피아 편) 『전쟁은 끝났어요』에 「무한의 시작」을,
《거울》 2020 대표중단편선에 「늦봄 어느 날」을 수록했다.
2010년 가을부터 후기 빅토리아 시대를 살아가는 소녀의 이야기
『종이로 만든 성』을 집필 중이다.

첫인상이 유달리 별로인 사람이 있다. 딱히 내게 뭘 하지 않아도 가까워지기는 싫은. 연수연이 그랬다. 처음 말을 나눈 것은 고등학교 3학년의 봄, 신학기 첫날. 2학년 말에 전학을 온 연수연은 140과 145 사이 어디쯤일 키에 긴 생머리를 하나로 묶고 학교에 나타나서, 다들 무용과에 전학생이 왔나 보다 했다. 한 반 있는 무용과에는 현대무용이든 발레든 고전무용이든 무대 머리를 만들기 쉬워서 생머리를 길게 기르는 애들이 많기 때문이었다. 하지만 그 애는 음악과의 마지막 반, 3반에 편입했다. 나는 도무지 예술과는 관계가 없을 것같이 생긴 작곡 전공 부장교사 반인 1반이라서 매점에서도 식당에서도 그 애와 한 번도 마주친 적이 없었다. 그런데 3학년 올라와서도 또 1반이 되어 교실에 들어가니 맨 뒷자리에 그 애가 앉아 있었다.

너무 밝은 쿠션을 썼는지 새하얀 얼굴에 어울리지 않게 다들 질색하는 교복 블라우스의 넥타이를 교복사 마네킹처럼 매고 있었다. 2학년 말에 샀을 교복이 신입생 것처럼 새 옷인 건 당연하지만, 학교를 한 달만 다녔어도 알 일이다. 넥타이는 교문 통과를 위한 거지 교실용이 아니다. 가방 안에 놔뒀다가 전체 조례 때나 꺼내는걸. 그런 건 중학교 때부터 알지 않나? 앞줄에 앉았다 담임한테 눈도장 찍힐 생각은 없어서 뒷자리 중에 유일하게 비어 있는 연수연의 옆에 앉으니 그 애가 깜짝 놀라서 날 보았다.

"경태경, 맞지?"

"……어, 내 이름 아네? 너는…….''

일부러 말을 흐렸다.

"나는 연수연이야. 작년 11월에 전학 왔어. 학예제 때 너 봤는데. 네가 작곡한 피아노곡 연주하는 거."

12월 학예제 때, '특별전형' 학생이 무대에 오르는 게 전통이라는 말에 교복을 입고 대강당 무대에 섰었다. 작곡 전공인 내가 공연할 일은 없을 줄 알았더니 자작곡은 직접 연주하는 걸로 하자고 담임이 말했다던가. 그걸 뭐 하러 기억하고 있느냐고 쏘아 주려 쳐다보다가 연수연의 얼굴색이 쿠션 때문이 아닌 걸 알았다. 민낯으로 다니는 애들이 없는 건 아니지만 그런 애들은 이래저래 입에 오르내리곤 하는데 연수연은 아니었다. 어쩌면 그거 말고도 입에 오르내릴 일이 너무 많아서였는지도 모른다. TV에 나오는 서울 사람들과는 다른 말투. 언제나 똑같은 보폭으로 걷는 걸음걸이. 절대 수선하지 않은, 그렇지만 대량으로 만들어 놓은 기성품 교복과도 다른, 오로지 연수연에게 딱 맞추어 만들었을 게 분명한 교복. 그리고 누구나 열을 내서 말하곤 하는 그 애의 비올라와, 구두와, 수업이 끝날 때쯤 교문을 통과하는 그 애 엄마의 페라리. 호텔을 내려다본다는 바닷가 최고층 아파트, 그리고 누구의 아버지와도 비슷하지 않다는 그 애의 아버지까지. 학교 소문에 관심이 없는 내게도 연수연의 이야기는 끊임없이 들려오곤 했으니까.

연수연은 전학생이 드문 이 학교에 굴러 들어온 외부의 작은 돌이었다. 그 애가 전학 온 이유를 누구도 묻지 않고 누구도 듣지 않았지만 입에서 입으로 퍼졌다. 나이로는 3학년이래. 왜 1년 꿇었나 몰라. 서울 A여고에서 왔다는데 원래는 음대 지망이 아니었대. 내신이 너무 안 나와서 다 늦게 악기 시작하는 애들 있잖아. 야, 그런데 저런 악기를 들고 다녀? 좋겠다. 금수저야, 금수저. 저 정도면 다이아몬드수저지, 아빠 차는 마이바흐잖아. 우리 집 몇 채 값이다. 그래도 쟤 악기보다 싼 거 아니야? 악기를 잘 모르는 문예창작과와 무용과, 미술과 아이들 사이에서까지 연수연의 비올라는 논란이 된 듯했다. 그러나 정작 음악과에는 연수연에게 그 비올라 좀 봐도 되겠느냐고 물어보는 애도 없었다. 아마도 평생 연주해 볼 일 없을 꿈의 악기를 만져 보는 기쁨보다는 자기 악기와 비교하는 슬픔을 피하는 쪽을 택했을 것이다.

또 1반이 되었을 때부터 짐작했지만 담임 역시 작년 담임 그대로였다. 2학년 때는 첫날부터 자기가 만든 좌석 배치표를 게시판에 붙이곤 이대로 앉으라고 해서 애들 원성을 사더니, 그때 뭔가 느낀 게 있었는지 당분간 지금 앉은 자리 그대로 앉으면 되겠다고 말했다. 대여섯 명은 입에서 투덜대는 소리가 나왔고, 또 몇몇은 쌤! 외쳤고 절반 정도는 예! 하고 대답했다. 나는 어쨌든 뒷자리였으니 반발할 이유가 없었다. 그렇게 나는 연수연과 짝이 됐다.

"태경아, 너 올해도 재단 장학금 신청할 거지?"

신학기 상담 자리에 앉자마자 담임이 말했다. 담임은 2년간 장학금 멘토였고 애초에 신청하게 된 것도 담임 때문이었다. 그때는 담임이 아니었는데, 굳이 옆 반이던 날 불러서 안내서를 쥐여 줬다. 1년에 200만 원이나 되는 돈을 받을 수 있는데 거절할 이유가 없었다.

"원서비도 들어가고 할 테니까, 어?"

"원서비 안 드는 데만 넣을 건데요."

"야, 그럼 잘 모아 뒀다가 등록금 쓰든, 여행을 가든."

"장학금 신청은 할 거예요. 근데 안 될 수도 있잖아요. 쌤이 작년에도 안 될지도 모르니까 지원서 잘 쓰라고 그랬고."

담임은 날 빤히 보더니 등을 툭툭 쳤다. 절대 피아노는 못 칠 것 같은 손가락. 담임의 고등학교 동창인 과학 쌤, '곽'은 담임이 2학년 말까지 이과에 있었다고 했다. 공대에 가려고 했다는데 3학년 올라갈 때 갑자기 음악교육과를 가겠다고 해서 학교가 뒤집혔다고. 한 명이 전과하는 정도로 학교가 뒤집히기야 했으려고. 수학이나 과학이랑은 더 안 어울리기는 한데 또 뭐에 어울리느냐고 물으면 달리 떠오르는 게 없는 사람. 어쨌든 수시 정원 백 퍼센트인 한 대학에만 원서를 넣었고 후보 1번이었는데 합격자 전원이 등록하는 바람에 재수했다는 이야기도 들었다. 어쨌든 과학의 말이 사실인지, 몇 명이 담임에게 진짜 이과였느냐고 물었다는데 후보 1번이니 하는 이야기는 하지도 않았고, 왜 전과했냐는 말에는 물리 하기 싫어서 그랬단다. 곽이 들으면 슬퍼할 일이다.

"짝지랑은 친하냐?"

"연수연요? 연수연이 저 좋아하죠."

"그래, 잘 대해 줘. 자기 좋아하는 사람한테는 잘해 줘야 되는 거다."

"……농담한 건데요."

담임이 다시 나를 빤히 봤다.

"수연이는 너랑 짝지 돼서 좋은가 보던데."

"걔가 좀 초딩 같아서."

"귀엽지. 착하고."

나이가 한 살 위라는 이야기는 담임 입에서 나오지 않았다. 나도 말할 필요가 없다. 연수연이 말한 적도 없고 연수연에게 물어보는 애들도 없었으니까.

"전공 레슨도 따로 듣는데 뭐 잘해 주고 말고 할 게 있어야죠."

담임은 대답 대신 컴퓨터에서 엑셀 프로그램을 켰다. 2년간의 성적 데이터다. 어떤 과목은 성적이 올랐고 어떤 건 들쑥날쑥하고 평균과 비교하면 어떻고, 실기 비중이 높은 데를 써야 하는지 낮은 데를 써야 하는지, 수능은 어떻게 할지 등등을 이 화면을 띄워 놓고 이야기한다. 담임은 2학년 때와 그리 다르지 않은 이야기를 반복했다. 담임 예상과 별로 다르지 않게 성적이 변해 온 건 사실이니까.

"3학년이니까, 특별히 문제없으면 짝지 안 바꿀 거다. 바꾸고 싶냐?"

"저는 상관없지만."

"그럼 됐네. 수연이한테 잘해 줘."

"……연수연한테도 저한테 잘해 주라고 하셨어요?"

조금 세게 들렸는지 담임이 날 쳐다보더니 피식 웃었다.

"말해 뭐 해. 수연이는 너한테 잘하잖아. 내가 말 안 해도."

연수연은 급식을 먹지 않고 도시락을 싸 왔다. 내가 급식실에서 돌아오면 혼자 교실에서 차를 마시다가 자리에 앉는 나를 보고 말갛게 웃으며 내 텀블러에 차를 따라 줬다. 차 종류를 물어오는 아이들이 늘어나면서 연수연의 보온병도 처음보다 커졌지만, 연수연이 먼저 말없이 차를 따르는 건 내 텀블러뿐이었다. 어떤 날은 풀 맛이 났고 어떤 날은 과일 향이 났다. 이름도 모르는 차인데 향은 참 좋아서 언제부터인가 점심시간의 차를 기다리게 됐다.

＊

모의고사가 레슨과 내신시험 틈틈이 끼어 있어서 학교 일정을 따라가는 것만 해도 벅찬 3학년이었다. 모의고사 날이면 자신은 수능하곤 관계없는 전형으로 갈 거라며 시험 시작 10분도 되기 전에 엎어지는 애들도 몇 명씩 있었지만, 수능을 대신할 만큼 큰 대회에서 수상한 몇몇 아이들을 제외하면 누구도 시험에서 자유롭지 않았다. 큰 대회에서 수상한 아이들 역시 그만큼 더 큰 꿈을 꾸고 있어서 나와는 다른 이유로 바쁜 시간을 보냈다. 3학년들의 시계는 저마다 조금씩 다르게 돌아갔다. 수시로 입시가 끝날 거라고 믿는 아이들과 정시만이 자신의 실력을 제대로 보여 줄 기회라 믿는 아이들과 이 나라에는 자신이 갈 대학이 없다고 믿는 아이들이 섞인 교실에서.

6월 모평 성적이 나왔다. 모두의 얼굴이 아주 잠시나마 일그러지는데 연수연은 성적표가 외국어로 적혀 있기라도 한 것처럼 쳐다보다가 나를 보았다. 담임은 모평 성적을 보고 자기 진로를 좀 고민해 보라는 말로 종례를 마치고는 교실을 나갔다. 나도 가방을 주섬주섬 챙기려는데, 연수연이 불쑥 제 성적표를 내밀었다.

"태경아, 이거 무슨 말이야?"

연수연의 성적은 내 생각보다 좋은 편이었다. 아니, 내 생각보다 훨씬 좋았다. 수학은 당연히 별로일 거라고 생각했는데, 일찌감치 엎드린 아이들 틈에서 한 시간도 넘게 시험지를 붙잡고 있더니 진짜로 문제를 풀던 거였나 보다. 점수 옆에 적힌 백분위와 표준점수를 보고 나는 기분이 조금 나빠졌다. 수학 시간이란, 풀 수 있을 것 같은 문제도 몇 개 없고 점심 먹기 전이라 잠도 잘 오지 않아서 어떻게든 종 칠 때까지 때우려고 애쓰는 시간이었다. 수학 시험지가 여백이 많아 그림 그리기에 딱이라며 누가 더 기발한 그림을 그리는지 경쟁하는 애들이 있을 정도였다. 늘 예쁜 얼굴로 멍하니 선생님을 바라보기만 하는 것 같은 연수연이 그렇게 예쁘게 정리하던 노트는 정말 연수연의 머릿속에 들어가 있었구나.

"뭐가?"

나는 태연하게 물었다. 연수연이 가리키는 것은 백분위 옆 표준점수였다.

"시험 만점이 100점이잖아, 사탐은 50점이고, 근데 이건 100점 넘고 이건 50점 넘는데?"

김경이 "잘못 본 거 아냐?"라고 되묻는 동시에 강은서가 "그걸 몰라?" 하고 말했다. 둘은 서로 쳐다봤다가 머쓱하게 모른 척 고개를 돌렸다. 1학년 첫 모의고사 성적표 받을 때 담임이 설명해 줬을 텐데, 김경은 그런 것쯤 까먹을 만한 애지만 연수연은. 서울에 있는 고등학교들은 이런 것도 설명 안 해 주나. 모의고사를 친 게 몇 번인데 이제야 이걸 물어보는지도 이해가 안 되고.

"국어 영어 수학은 평균이 100점이 되도록 계산한 점수고, 사탐이랑 과탐은 평균 50점이 되도록 계산한 점수야. 그러니까, 수학도 두 과목 있고 사탐도 과목 많으니까, 다른 과목 선택한 사람들끼리 성적 비교할 수 있게 만든 점수지. 작년에 $z=(x-m)/\sigma$ 이거 했잖아. z값은 평균이 0이 되는 값이니까, 거기에 100이나 50 더해서 평균을 알아보기 쉽게 만든 거."

"아, z값이구나. 응, 알았어. 고마워, 태경아."

"야, 근데 김경! 너 표점이 100점이 안 되냐? 영어도? 너 방학마다 레슨받으러 미국 가잖아?"

"뭐래! 입시 영어랑 예술 영어랑 같냐? 나 우리 쌤이랑 대화 완전 잘하거든? 주입식 영어라 안 맞는 거야! 나 한국 대학도 안 갈 거거든?"

김경과 단짝 최윤영이 떠들면서 교실을 빠져나갔고 다른 아이들도 하나둘씩 교실을 나섰다. 어쩌다 보니 둘만 교실에 남았다. 연수연은 엄마 차가 오기를 기다릴 테지. 그 순간에 나는 문득, 한 번도 입 밖에 낸 적 없는 질문을 연수연에게 던졌다.

"너는 왜 그 점수로, 서울도 안 가고 유학도 안 가?"

"……응?"

연수연이 말간 눈으로 나를 보았다. 나는, 집을 뜨려고 성적에 매달렸다. 실기는 아무리 잘해도 안심할 수 없다. 국내 수상 실적이 몇 개 있긴 하지만 그건 우리 학교 게시판에나 붙을 수준이고 그나마도 애들은 눈길 한 번 주지 않고 지나쳤다. 아무리 합격해도 장학금을 받을 수 없다면 대학에 등록할 수 없다. 서울을 가야 했다. 다른 지역이라면 대학을 가기 위해서 집을 떠나는 걸 허락해 줄 리 없다. 등록금도 내 주지 못하지만 서울이 아니면 집을 뜨는 건 안 된다고, 예고에 진학할 때부터 무슨 법률이나 되는 것처럼 말해 온 엄마였다. 당신의 삶이 일그러진 까닭이 타지에서 혼자 살았기 때문이라고 믿는 사람. 내 앞가림은 내가 알아서 하기를 바라지만, 또 당신이 어딘가에서 자랑할 수 있는 딸로 살기를 바라는 사람.

"너네 집, 부자잖아. 학비 못 내는 거 아니잖아. 서울이든 유럽이든 어디든 갈 수 있을 거잖아. 근데 왜 안 가냐고."

"……나, 실기가 약해서……."

"너 연주하는 거 들었는데."

"비올라 선생님이 그렇게 말씀하셨어. 전공으로 대학 진학하는 정도는 되어도 연주자로 살 만큼은 안 될 거라고. 대학도 좋은 대학은 어렵다고."

그럼 왜 우리 학교 쌤들은, 비올라 전공인 민 쌤까지, 연수연의 연주를 들으며 고개를 끄덕였을까. 담임은 왜 '실기 비중이 높은 서울권 대학'을 권했을까. 게다가 지금 내가 본 모평 성적이 운이 좋아서 얻어걸린 게 아니라면 연수연은 수능 점수 때문에 지망 대학을 바꿔야 할 상황도 아니었다. 연수연의 이야기를 들어 보면 수능 대비 과외를 하는 것 같지도 않았고.

"모르겠다. 내가 너라면…… 이거 내가 할 말이 아닌 건 아는데, 나라면 그런 악기 만져 보지도 못할 테니까, 그래도 내가 너라면 여기 남지는 않을 것 같은데. 몰라, 집이 엄청 좋아서 다른 데 가는 게 싫은 거라면 내가 뭐라고 할 순 없는데."

"······태경이 너는 어디 넣을 거야?"

"장학금 받을 수 있는 서울."

연수연의 입이 왜, 라고 하듯이 벌어졌지만 입 밖으로 말이 나오지는 않았다.

"학비하고 생활비하고 다 벌려면 힘드니까, 생활비만이라면 알바 하고 아껴 쓰면 어떻게든 되겠지. 모아 놓은 돈도 조금은 있으니까."

나는 왜 연수연에게 그렇게 말했을까. 연수연은 이런 이야기를 들을 필요가 없는 애였다. 학비를 벌 일도 생활비를 신경 쓸 일도 없는 애였다. 연수연의 폰에 불이 들어오면서 책상이 드르륵 울었다. 연수연은 핸드폰을 열어 보고 나는 자리에서 일어났다. 연수연이 내 교복 끝단을 잡았다.

"태경아, 나랑 같이 타고 가면 안 돼? 우리 집에 와도 돼. 싫으면 집까지 태워 주기만 할게."

"야, 우리 집 가까워. 차 안 타도 돼."

"······우리 집에 놀러 오는 건 싫어?"

"오늘은 알바 있어. ······그리고 나, 남의 집에 놀러 가는 거 안 좋아해. 우리 집에 누가 오는 것도 안 좋아하고."

나는 그냥 어색하게 웃으면서 가방을 고쳐 멨다. 고등학생이나 되어서 남의 집에 놀러 가는 사람이 얼마나 되겠어. 중학교 때까지는 애들끼리 집에 놀러 오라는 말도 한 것 같지만, 그때도 나는 누구 집에도 가지 않았다.

교실 문이 열리고, 연수연의 엄마가 다급하게 종종걸음으로 들어왔다.

"수연아! 너 왜 빨리 안 내려와! 아빠 오셨다니까! 어머, 친구가 있었구나? 친구랑 이야기하고 있었어? 그래도 엄마 톡 보면 바로 내려와야지."

연수연이 엄마와 함께 교실을 나가고 나도 곧장 일어났더니 꼭 두 사람 뒤를 따라가는 모양새가 되었다. 어정쩡하게 거리를 두고 걷는데, 내가 들을까 봐 신경이 쓰였는지 목소리를 한껏 낮춘 대화가 이어졌다. 엿들을 생각은 없었는데 언뜻언뜻 아빠가 어쩌고 하는 말이 들렸다. 순간, 학년 초에 들었던 목소리가 문득 떠올랐다. 「이이가 딸 바보라서.」 연수연보다 가늘고 힘없던 연수연 어머니의 목소리가.

＊

학년 초 상담에서 연수연의 차례는 계속 뒤로 밀렸다. 번호순으로 하면 3월 중순에는 상담을 했어야 하지만, 연수연의 아버지가 꼭 오겠다고 해서 연수연의 전공 레슨이 없으면서 연수연 아버지가 올 수 있는 날로 잡느라 밀렸단다. 애들 몇은 개

아버지가 언제 오는지, 언제 교문으로 마이바흐가 나타나는지를 유심히 지켜보곤 했는데, 하교 시간에 맞춰 페라리가 나타날 뿐 문제의 차는 보이지 않았다.

그날도 페라리야, 라는 실망에 찬 말을 듣고는 전공 레슨에 갔다. 생각해 보면 그날은 연수연이 평소보다 말이 좀 없었던 것 같긴 하지만, 누구든 말이 많은 날도 있고 적은 날도 있는 거다. 레슨 쌤이 웬일로 20분이나 레슨을 당겨 마쳐서 나는 일찌감치 가방을 챙기러 사물함 쪽으로 왔는데, 사물함 바로 옆의 3학년 상담실에 불이 켜져 있었다.

"내신 성적은 좋은 편이지만 콩쿠르 실적이 없으니까, 실기 반영 비율이 높은 쪽으로 고르면 서울권 대학도 생각할 수 있을 겁니다. 여섯 개 중에 세 개 정도는…… 아니면 곧바로 외국 대학을 생각하고 계신 거면……."

"아니요. 서울에는 보내지 않을 겁니다, 유학도 물론 보내지 않을 거고요."

담임의 말을 자른 건 굵은 남자 목소리였다.

"수연이는 집에서 대학 다닐 겁니다. 예쁜 외동딸을 혼자 외롭게 둘 순 없으니까요."

"이이가 딸 바보라서……."

가느다란, 연수연의 목소리를 조금 닮은 목소리가 거들었다. 연수연의 목소리는 없었다. 딸 바보란 말의 울림이라니. 그래, 세상에는 자식을 사랑하는 부모도 있을 것이다. 부부 사이가 다정한 만큼 자식도 사랑하는, 그런 부모도 있는 거겠지. 딸이 성적에 구애 없이 악기를 전공할 수 있도록 서울에서 지방으로 이사를 오고 웬만한 집값보다 비싸다는 비올라를 구입하고. 그렇게 사랑하는 딸이 전공하는 악기를 더 잘 배울 수 있는 학교로 가는 걸 반대하는 마음은 이해가 안 됐지만, 세상에는 자식을 옆에 두어야만 하는 사랑도 있는 거겠지. 일부러 들으려고 했던 것은 아니어서 나는 바로 그 자리를 벗어났고 연수연의 부모님과는 마주치지 않았다. 연수연에게 내가 그 대화를 들었다는 말도 하지 않았다.

*

딸 혼자는 어디로도 보내지 않겠다고 단호히 말하던 연수연의 아버지와 내가 듣기에는 좋기만 한 연수연의 연주가 서울에 있는 대학에 갈 수준도, 연주자가 될 수준도 안 된다고 말했다는 레슨 선생. 그 두 가지가 관계가 없을까. 나는 담임이 이 학교에서 꽤나 실력 있는 입시 전문가라는 것을 안다. 애들이 담임에게 투덜거리면서도 입시에 관해서만큼은 담임의 말을 믿는 건, 이 학교에서 3학년을 맡을 때마다 다른 반 애들까지 상담하고 싶어 할 정도로 진학 성과가 좋기 때문이다. 그러니까, 연수연이 서울에 못 가는 이유는 성적도 실적도 실기도 아니다.

　나는 걸음을 조금 늦췄다. 복도 창밖으로 어느새 학교 건물을 나선 연수연과 엄마가 보였다. 나는 주차장이 보이는 창가 쪽에 다가가 몸을 숨기고 창문 밖을 엿보았다. 연수연이 먼저 시야에 들어왔다. 주차장에 서 있던 페라리 문이 열리고 정장 차림의 남자가 나와 연수연에게 다가왔다. 그가 연수연을 끌어안았다. 연수연의 어머니는 조수석에 앉았고 연수연과 아버지는 뒷좌석으로 갔다. 시동이 걸리고 차가 움직이기 시작했다. 나는 벽에 기대어 내가 본 모습을 생각했다. 하복을 입은 스무 살 딸을 끌어안은 아버지의 손이 딸의 등을 쓸어내리는 것을, 그대로 허리를 감싼 채 뒷좌석으로 이끌어 옆자리에 앉히는 것을. 그 모든 것을 어머니가 어떤 표정으로 보고 있었을지는 선팅 때문에 알 수 없었지만.

*

담임에게 말할 것인가를 두고 제일 많이 고민했다. 엄마는 애초에 말할 대상이 아니었고, 친구들도 마찬가지였다. 그런데 담임에게 말한다면, 뭐라고 해야 할까? 아버지가 딸을 그렇게 안는 것도 아주 이상한 일은 아니라면 어떻게 할까. 네가 잘 몰라서 그러는데, 라고 말하기라도 하면. 엄마는 결벽증 환자에 가까웠다. 그런 엄마의 습성을 나도 물려받았을 거라고 누군가 말한다면, 나는 그 자리에서 벌떡 일어나 가 버릴지도 모른다. '보통의 아빠'가 어떤지 나는 모른다. 내가 아는 아빠는, 10년 만에 만난 초등학생 딸에게 역시 나 안 닮았잖아, 라고 하는 사람이다. 위자료는커녕 양육비도 한 번 보내지 않았으면서 자기랑 똑 닮은 아들 사진은 떡하니 카톡 프로필에 올려놓은 사람. 그리고…… 카톡 한 번 보낸 적이 없는데 어느 날 갑자기 전화번호를 바꿔서 프로필조차도 못 보게 만들어 버린 사람.

내가 본 게 착각이었나 싶게 기억이 희미해질 즈음 여름방학이 시작되었다. 외국으로 단기 레슨을 받으러 가거나 학교 레슨을 빼고 외부 레슨으로만 채우는 애들, 적지만 외부 레슨에다 수능 단기 과외까지 받기 시작한 애들도 있었다. 9월 모평을 치고 나면 이제 수능 성적을 잘 받아서 어쩌겠다는 말이 쏙 들어갈 테니까. 그리고 몇 안 되는 '장학생' 대부분은 나처럼 교내 레슨만 받는다. 연수연은 학교에 나오지 않았고 나는 알바를 더 늘렸으므로 우리는 만날 일이 없어졌다.

개학 날, 연수연은 전보다 더 희멀게진 얼굴로 돌아왔다. 9월 모평을 치고 나자 담임은 다시 입시 상담을 시작했다. 이번에는 번호 역순이었다. 원서 접수 기간이 거의 다 되어 내 차례가 돌아왔고, 담임은 여섯 개 대학을 골랐다. 수시로 넣을 수 있는 최대치였고, 내가 예상했던 대학과 별로 다르지 않았다. 다만 그중 두 개는, 다소 모험이었다. 학비도 싸고 기숙사비도 비싸지 않지만 실기를 생각하면 안심할 수 없었다. 실기 쌤은 늘 애매한 평만 들려줬다. 안심할 수 있는 곳이 필요했다. 재수를 할 여력은 없다. 이 지역 대학을 하나도 고르지 않은 걸 엄마가 받아들일까. 안정권 대학 중 세 곳은 원서비가 들어갔다. 신학기 상담 때랑 얘기가 다르다.

"장학생들 수시 원서비 지원하기로 했다. 수시 정시 합해서 세 개. 수시 이렇게 쓰면 어지간해서 정시 쓸 일 없을 테니까 수시에다 다 쓰자."

"작년까지는 원서비 지원 안 했잖아요?"

"안 했지. 그래서 아깝게 안 된 애들이 있어서, 이번에는 원서비 상관없이 넣을 수 있게 해 보자고, 쌤들이."

쌤'들'에 누가 포함될지는 안 봐도 뻔하다. 담임과 곽은 백 퍼센트 들어갔겠지. 그럴 때는 아주 죽이 잘 맞는 두 사람이니.

"연수연은 어디 써요?"

"야, 다른 사람이 어디 쓰는지 물어보면 안 된다고 했어, 안 했어?"

나는 대답하지 않았다. 담임은 짐짓 심각한 표정을 짓다가, 노란 메모패드에 끄적끄적 네 개 대학을 적었다. 예상했던 대로 모두 이 지역에 있는 대학. 게다가 한 대학은 지난해에 학교 평가 D등급을 받아서 올해 입시생들은 국가 장학금도 신청할 수 없게 된 곳이었다. 물론 연수연이 장학금을 신경 쓸 일은 없 겠지만.

"쌤, 연수연 여기…… 못 써요?"

나는 담임이 내게 골라 준, 다소 모험인 두 대학을 가리켰 다. 담임은 나를 빤히 쳐다보았다.

"민 쌤 말로는, 서류만 통과하면 할 만하다고."

민 쌤의 실기 판단은 믿을 수 있다. B대는 최저등급이 있지만, 연수연이라면 괜찮다.

"쌤, 나 여기 둘 다 붙을게요. 연수연 여기 쓰게 해 줄 수 없어요? 붙어도 안 가도 되잖아요. 어차피 두 칸 남고, 다른 데도 다 붙겠네, 뭐."

"수연이가 원해야 쓰지."

담임의 표정이 무거웠다. 1학년 때 처음 나한테 와서 재단 장학금 써 보라고 할 때의 표정이 저랬다. 담임도 아니고 실기로 몇 번 봤을 뿐인데도 세상 무거운 표정으로 권해서, 되든 안 되든 쓰기나 해 보자 하고 자기소개서를 썼었다. 3년째 멘토로 있으면서 그런 표정은 그 뒤로 한 번도 안 보였는데. 담임이 잠시 생각에 잠기는 것 같더니 나를 쳐다보았다.

"태경아, 네가 설득해 볼래? 나는 못 했어. 너랑 수연이 둘이 같이 여기든 여기든 가면 나도 좋겠으니까."

알바 월급이 나올 때까지는 2주 남았고 지난번 월급과 장학금은 예금으로 묶여 있다.

"……쌤, 저 20만 원만 빌려주세요."

담임이 눈을 조금 크게 떴고, 그다음에는 빙긋 웃었다.

*

연수연과 이야기할 수 있는 시간은 점심시간밖에 없었다. 쉬는 시간에는 보는 눈이 너무 많다. 여름방학 이후로 꼭 필요한 이야기 말고는 하지 않던 연수연은 내가 점심 먹고 연못 앞에서 보자는 말에 별말 없이 그러겠다고 고개를 끄덕였다. 나는 일찌감치 연못 앞에 앉아 있었다. 잠시 뒤 연수연이 급하게 걸어왔다.

"많이 기다렸어? 미안해."

"아니, 하나도 안 기다렸어."

하복을 입어도 여전히 더운 초가을에 그늘도 안 지는 연못가에는 우리 둘 말고는 아무도 없었다.

"나 A대랑 B대 쓸 거야. 같이 가자."

연수연이 말간 눈으로 나를 보았다.

"내가, 원서비 빌려줄게. 아무한테도 말 안 할게. 같이 써. 너 둘 다 붙을 거라고 쌤이 그랬어. 민 쌤도 그랬대. 나 장학금 받을 수 있게 수능도 실기도 잘 볼 거야. 기숙사도 붙을 거야. 같이 가자."

"⋯⋯태경아, 나는⋯⋯."

"너 여기 안 살았으면 좋겠어. ⋯⋯나는 엄마랑 같이 안 살 거야. 너도 그랬으면 좋겠어."

연수연이 내 옆에 앉았다. 햇볕이 뜨거워서인지 손에 땀이

났다.

"너 내가 여기 왜 왔는지 모르지."

연수연이 자기 이야기를 꺼낸 것은 처음이었다.

"뒤늦게 예술 시작했는데 성적이 안 나와서 내려온 거 아니야. 비올라 어릴 때부터 했는데, 연주자 되기에는 재능이 모자라다고 취미로만 하라고 해서, 그냥 했지. 대회도 안 나가 봤어. 연주회는 많이 갔는데, 어느 날 들은 비올라 연주가 너무 좋아서, 악기 소리가 너무 좋다고 그랬더니…… 그 연주자가 켠 악기랑 같은 걸 아빠가 구해 오셨어. 아빠 음악 안 좋아하지만, 여자가 똑똑한 것보다는 고상한 게 좋다고 어릴 때부터 이것저것 배우게 해 주셨던 거야. 나는 비올라가 제일 좋았고. 과분한 악기라는 건 알았는데 그래도 악기 욕심이라는 게 생기더라."

"연주하는 사람 중에 악기 욕심 없는 사람이 어딨어."

나는 말문이 터진 듯 이야기를 쏟아 내는 연수연의 목소리에 금방 빠져들었다.

"응. 그런데…… 2학년 때 교내 오케스트라에 들어가서 학교 대항 경연 대회에 나갔는데…… 거기 왔던 남자애가 나를 보려고 학교 앞에서 계속 기다리고 있었어. 그때도 어머니가 데리러 오셨는데, 그 학교는 학부모 차는 학교 안으로 못 들어오게 해서 교문 밖에서 기다리고 계셨는데…… 그 남자애가 나한테 와서 말 거는 걸 보셨어. 그다음 날 아빠가 날 오케스트라에 넣었다고 학교에 막 항의하고, 나보고 악기도 그만두고 여기로 전학 가자고 하셨어. 핸드폰 번호도 바꾸고 인스타도 다 없애서, 예전 친구들이랑 연락도 못 하게 됐어."

"네가 잘못한 것도 아니잖아."

"나 전학한 거 처음 아니야. 초등학교 때부터 고등학교 때까지, 몇 번이나 다녔어. 고등학교도 여기가 세 번째고. 남자애가 관심 보이면 바로 전학 갔어. 이번에도 그랬는데…… 악기는 못 그만두겠다고 해서, 그래서 이 학교로 보내셨어. 이번에는 전학 가기 싫어서 아빠가 시키는 대로만 지냈어. 오케스트라에도 안 들어갔고, 다른 지역 레슨도 안 받고, 대학도 아빠 원하는 데로 가기로 했어. 그렇게 살면 된대."

나는 연수연이 이 학교에서 보낸 시간을 생각했다. 부모님 차, 비싼 악기, 그런 것들 때문에 처음에는 분명 애들 사이에 안 좋은 말도 돌았지만 그것만은 아니었다. 연수연이 마시는 차를 함께 마시고 싶다는 애들이 있었다. 연수연이 이어폰으로 듣는 음악이 뭔지 물어보는 애들이 있었다. 애들은 늘 주변에 있었다. 그런데 연수연은 어땠나. 전학한 그해에는 온 지 얼마 안 되어서 친구가 없었다 치고, 나와 같은 반이 된 올해는 어땠을까. 입시생이기는 하지만 그래도 누구든 절친 한둘쯤 있는 학교 안에서 연수연이 말을 나누는 사람은, 몇 명 되지 않았다. 먼저 말을 건네는 사람도 나뿐이었다. 딱 한 걸음만 내디디면 연수연과 말을 나눌 준비가 되어 있는 애들은 얼마든지 있었는데.

"……나, 엄마가 우는 건 보고 싶지 않아."

연수연이 말했다. 딸이 제시간에 안 나오자 사색이 되어서 뛰어왔던 연수연의 엄마. 급하게 연수연을 이끌고 주차장으로 향하던, 남에게 들리지 않을 목소리로 계속해서 연수연에게 뭔가 이야기하던 그 뒷모습을 떠올렸다. 그래, 내가 담임 말 듣고서 연수연한테 딱히 잘해 준 것도 아니고, 그냥 짝지일 뿐인 애가 이런 오지랖을 부린들 초등학교 때부터 전학 다니는 데 이골이 났을 연수연이, 내 말을 신경 쓸 리가.

"그렇지만…… 태경아, 나, 한번 해 볼게."

나는 놀라 연수연을 보았다. 연수연은 웃고 있었다. 말간 눈이 더욱 말갛게 일렁이고 있었다.

*

연수연과 나는 여섯 개 대학 1차에 모두 합격했다. B대의 수능 최저등급도 걱정한 것에 비해 가뿐하게 맞췄다. 문제는 실기 시험이었다. 12월이 다가올수록 연수연은 불안해 보였다. 혹시라도 아버지가 눈치채고 무슨 수를 쓸까 봐 불안한 나날이었다. 나는 면접을 치르고 기악과와 같은 날에 있을 A대 실기 시험을 기다렸다. 그리고 시험 당일, 곽 쌤이 '연차'를 냈다. 페라리가 교내에서 빠져나가고 10분 뒤, 연수연과 나는 곽 쌤의 하늘색 레이 뒷좌석에 숨어 타고 서울로 향했다. B대 때는 담임이 연차를 냈다. 합격 발표가 뜨던 날엔 어째선지 반 애들 모두가 우리 컴퓨터 화면을 지켜보고 있다가 함께 환호성을 질러 주었다. 수많은 공범이 연수연의 비밀을 감춰 주었다. 매년 입시가 끝나면 학교 정문에다 누가 어디에 합격했는지를 자랑스레 내걸곤 했는데, 그해에는 대학별 합격자 수만 적어 놓은 것이 우연만은 아니었을 것이다. 연수연의 아버지는 딸이 합격한 대학 가운데 집에서 가장 가까운 곳을 골라 등록했고, 연수연은 그다음 날 등록 취소를 한 뒤 A대에 등록하고 집을 나왔다.

기숙사에서 생활한 첫 학기 동안 연수연과 나는 내내 무슨 일이 생기지 않을까 조마조마한 마음으로 지냈다. 연수연이 성년이 되고 얼마 후, 연수연의 아버지가 어떻게 알아냈는지 기숙사로 편지를 보냈다. 사랑하는 딸이 저지른 일에 너무 가슴이 아프지만 용서할 테니 돌아오라는 편지였다. 기숙사 방에는 가족이라도 방문할 수 없다는 규칙 때문에 연수연의 아버지가 찾아오지는 못했다. 기숙사를 나와 투룸에서 자취하던 2학년 겨울, 연수연이 내게 인터넷 기사 하나를 보여 주었다. 사업체 하나가 채권자에게 완전히 넘어갔는데, 경영자가 경제 사범으로 수감되었다는 기사였다. 그 뒤로 우리는 그 사람에 대한 소식을 들을 수 없었다. 연수연은 어머니와는 가끔 연락하게 된 것 같지만 나는 그 이야기를 꺼내지 않는다. 내가 어머니와 연락하게 된 것을 연수연이 알지만 별말 하지 않는 것과 비슷한 이유다.

나와 연수연은 얼마 전부터 교직 이수를 시작했다. 솔직히 담임처럼 절절한 마음으로 교사를 꿈꾼 건 아니지만 그렇다고 해서 자격이 되니까 그냥 하는 것만도 아니다. 사실 연수연은 결국 연주자의 길로 갈 것 같기도 하다. 실기 고사 때마다 내내 인상을 쓰고 있어서 겁먹어 실수하는 수험생이 한둘이 아닌 걸로 악명 높은 기악과 교수가 연수연이 연주를 시작하자 눈을 크게 뜨고 자리에서 벌떡 일어났다거나, 연주 종료 종을 쳐야 하는 교수가 연수연의 연주에 넋이 팔려 1분이나 늦게 종을 쳤다는 이야기도 있고 왜 여태 한 번도 콩쿠르에 안 나간 거냐, 왜 내가 너를 여태 몰랐냐고 하는 교수님도 있다고 하니까. 너 나랑 같은 수업을 듣고 싶어서 교직 이수하는 거 아니냐 했더니 연수연은 그냥 말갛게 웃기만 했다. 나는 글쎄, 교사가 될지 안 될지 아직 결정하지는 않았다. 다만 그날, 갑자기 연차를 내고는 뽑은 지 일주일밖에 안 된 레이 뒷좌석에 우리를 태우던 곽의 모습과, 나더러 수연이에게 잘 대해 주라고 했던 담임과, 우리가 어느 대학 어느 과에 갔는지 누구에게도 말하지 않고 비밀을 지켜 줬던 우리 학교 3학년과 그 많은 쌤들, 그 백 명의 공범에 대해 종종 생각한다. 언젠가 그런 공범 중 하나가 될 수 있다면, 그걸 위해서 조금 더 많은 수업을 듣고 시험을 치고 다른 꿈을 꾸어 보는 것도 나쁘지 않을 것이다.

해골성 가상 캠프

박하익

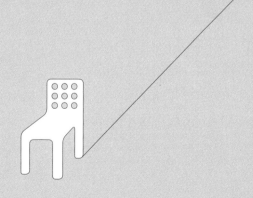

박하익

동화 쓰는 추리 소설가. 2008년 계간 《미스터리》 신인상으로 등단.
『종료되었습니다』『선암여고 탐정단 - 방과 후의 미스터리』
『선암여고 탐정단 - 탐정은 연애금지』를 썼다.
『선암여고 탐정단』은 JTBC에서 동명의 드라마로 제작 방영되었고,
『종료되었습니다』는 곽경택 감독의 〈희생부활자〉로 영화화되었다.
2018년 창비 좋은 어린이책 공모전에서
동화 『도깨비폰을 개통하시겠습니까?』로 대상을 받았다.
마음속 편견들을 채굴하는 기분으로 글을 쓴다.

1일째 09:02

눈을 떴을 때는 캠프 버스 안이었다. 오른편 차창으로 무성한 양치식물 숲이, 왼편 창으로는 지평선까지 펼쳐진 옥빛 습지가 보였다. 습지 가운데 우뚝 솟은 해골성은 먼 거리에도 단번에 시선을 붙잡는다.

가상 캠프의 야영지 '외계의 해골성: 파이널 스테이지'에 도착하고도 아쉬운 마음이 드는 건 어쩔 수 없었다. 초등학생 무렵에나 유행했던 지루하고 단순한 고전 게임이 학년 투표에서 가장 많은 표를 끌어모을 줄이야. 유료 결제를 피하려 지겹도록 광고를 시청하고, 다른 친구들에게 초대 메시지를 보내야 다음 단계로 넘어갈 수 있었던 불편한 게임이 대체 언제 '모두의 추억'으로 탈바꿈했는지 수수께끼였다.

일찍 접속한 아이들은 벌써 주위 구경을 마치고, 절벽 앞에 늘어서 있었다. 해골성은 불길처럼 타오르는 노을을 배경 삼아 험악한 인상으로 모두를 내려다보았다. 앞에 있던 변종찬이 성에 생겨난 틈을 발견하고 소리쳤다.

"나온다, 나와!"

해골의 입 부분 유막이 가늘게 찢어지며 흑록빛 갑각 투구를 쓴 괴수들이 튀어나왔다. 괴수들의 울부짖음은 달리기 경주의 신호탄처럼 친숙했다. 아이들은 환호하며 땅 여기저기에 놓인 형광석을 챙겨 들었다.

오영빈이 버스로 뛰며 욕설을 내뱉었다.

"XX, 왜 저렇게 빨라졌어?"

체험학습용으로 리메이크된 게임들은 음향과 그래픽이 화려해지고 최신 트렌드에 맞게 수정되곤 했다. 학부모들이나 교육청의 입김도 들어갔다. 괴수의 속도가 이만큼이나 빨라졌다는 건 학생들의 체력 저하를 염려하는 어른들이 많다는 뜻이었다.

해골성 괴수가 금속에 약하다는 기본 설정까지 바뀌지는 않았을 것이다. 나는 아이들을 따라 버스 안으로 뛰어들었다. 원작 게임에서 초반 베이스캠프로 활용되는 장소였다.

이미 한 번 넘어져서 무릎이 깨진 김한별이 다리를 절룩거리며 나를 따라 들어오려 했다. 학급회장 한채희가 부축했지만 소용없었다. 이런 가상 캠프나 가상 현장학습 때에는 평상시 체력을 바탕으로 캐릭터의 능력치가 설정되었다. 신체를 단련하고 실제와 차이가 크지 않은 가상 경험으로 뇌에 무리를 주지 않기 위해서였다.

괴수들은 날아다니는 해파리 떼처럼 두 사람 위로 몰려들었다. 공중에서 긴 촉수를 그물처럼 늘어뜨리며 사방에서 포위를 좁혀 왔다.

"어떡해."

윤주비가 놀라 입을 틀어막았다. 핸드볼부 이초하가 버스 문에 매달려 형광석을 던졌다. 날아드는 형광석을 피해 괴수들이 하늘로 솟구쳤다. 부회장 김도훈이 아이들을 구하기 위해 달려갔지만, 회장 한채희는 이미 괴수의 촉수에 닿아 흔적 없이 빨려 들어간 후였다.

부회장이 김한별을 구해 들어오자 아이들은 서둘러 버스 문을 닫았다.

괴수들은 밤새도록 버스 주위를 맴돌았다. 반투명한 촉수들이 연의 꼬리처럼 나부끼며 차체에 닿았다가 불꽃을 일으키곤 떨어져 나갔다.

가상 캠프의 첫날이었다.

2일째 08:27

3반: 참여 인원 14명 / 생존 13명 / 낙 1명

아침 해가 떠오르자 괴수들은 물러갔다. 아이들은 머리를 맞

대고 현재 상황에 대해 의견을 주고받았다.

"어떻게 들어온 지 한 시간도 안 돼서 잡히냐?"

"또 실점하면 가만 안 둔다."

오영빈과 박병휘는 탈락할 빌미를 준 김한별을 툭툭 쳤다. 이소은이 빈정거렸다.

"채희가 바보도 아니고, 생각 없이 당했겠냐? 채점표 보면 자기희생에는 가산점 있어."

회장 한채희는 학급의 모든 일에 참견하며 사람들 사이를 휘젓고 다니는 걸 좋아했다. 영웅적 희생이라니, 그 애다운 선택이었다. 김한별은 살집이 잡힌 어깨를 들썩이며 물었다.

"아무리 그래도 캠프를 포기한다고?"

가상현실은 투입한 돈이 많을수록 완성도가 높았다. 정부가 학생들의 바른 인성 함양과 건강한 사회화를 도모하기 위해 예산을 아낌없이 지원하는 가상 캠프는 평범한 사람들이 즐길 수 있는 가상현실 중 으뜸이었다. 최고급 사양의 게임을 인트로 영상만 보고 끈 셈이다.

"채희를 위해서라도 학년 우승을 노리자!"

부회장이 자리에서 일어서며 외쳤다. 여기저기서 파이팅 소리가 울렸다.

'자기희생은 무슨. 다 저 잘되려고 선택한 전략인걸.'

다들 알고 있으면서도 내색하지 않는다. 무대 위에서 '연기'를 펼쳐야 하는 건 모두 마찬가지였으니까.

캠프에서 보여 준 개인 활약상은 대학 입시나 기업 면접에서 인성을 파악하는 자료로 쓰인다. 제출용 자기소개 영상을 만들 때도 첨단 그래픽 기술이 사용된 가상 캠프 녹화 영상은 오프닝으로 제격이었다.

둘째 날부터는 공동체 역할 배분이 이루어졌다.

'외계의 해골성'에서는 식량 조달, 형광석 채굴, 공작, 괴수 공격 등 네 가지 역할 중 하나를 선택할 수 있었다. 사전에 제출하는 32쪽짜리 캠프 희망 조사서에 각자 원하는 역할을 입력해 넣었다. 재능이나 취미, 지능에 따라 팀이 배정되기도 했다. 교우 관계 개선을 위해 친해지고 싶은 사람의 이름을 쓰는 칸도 있었다. 누구와 '친한'지는 학생들이 매일 가지고 다니는 학습용 단말기끼리의 근접도, 연락을 주고받은 빈도를 자동 산출해 활용하기 때문에 굳이 적어 낼 필요가 없다. 개인정보 활용 동의만 해 두면 된다.

부회장은 차 안에 있는 제비뽑기 통을 모두에게 돌렸다. 꽂혀 있는 종이 중 하나를 골라 펼치면 인공지능이 미리 분류해 둔 결과가 나타났다.

다들 수긍하는 얼굴이다. 인공지능은 아이들의 성향을 파악해 반목이나 대립을 예방하며 각자의 잠재력을 최대한 끌어내는 조합으로 팀을 구성했다.

각종 도구와 무기를 제작하는 공작 팀은 이지적이고 차분한 분위기였다. 학교 1등 이소은을 비롯해 교내 신문사 편집장 김한별과 자폐 경향이 있지만 수학과 과학에 발군인 강서진도 있었다.

채굴 팀은 활발하고 외향적인 아이들이 주를 이루었다.

공격 팀에는 핸드볼부 이초하와 오영빈, 박병휘, 예고 무용과를 다니다 전학 온 윤주비가 있었다. 윤주비는 호전적인 분위기에 주눅이 들었는지 입을 꾹 다물고 있었다.

나는 식량 조달 팀으로, 나무 열매 같은 걸 채집해 아이들을 먹이는 역할을 맡았다. 숙련도가 높아지면 직접 농사도 짓고, 요리도 할 수 있었다.

"우리도 슬슬 먹을 걸 찾으러 가 볼까? 황과부터 모으자."

게임광 변종찬이 팀장을 자처하며 앞장섰다. 사과의 외형에 감의 빛깔을 가진 황과는 해골성의 기본 과실이었다.

숲은 덥고 습했다. 알레르기를 일으키는 포자가 날리지 않는 걸 다행으로 여기며 황과를 주웠다. 박윤서가 도토리를 던져 내 주의를 끌었다.

"쟤 봐. 웃기지 않니? 희망사항에 잘생겨지고 싶다고 써내기라도 했나 봐."

윤서의 시선을 따라가니 산을 올라가는 채굴 팀이 보였다.

셋 중 누굴 말하는지는 금방 알 수 있었다. 잘 세팅된 머리에 새 옷처럼 색이 선명한 셔츠. 현실감을 더하기 위해 얼마간 피곤하고 지저분하게 재현된 여느 아이들 틈에서 황현호는 단연 돋보였다.

"어째서? 현호가 우리 반에서 제일 잘생겼잖아. 키도 크고 이목구비도 반듯하고."

"욕망에는 끝이 없는 법."

박윤서의 말처럼 뿌연 후광이 황현호를 따라다니고 있었다. 대놓고 욕망을 발현하는 모습이 안쓰럽고 우스꽝스럽다. 어쨌든 나란히 걷는 남우선의 얼굴에는 홍조가 떠올라 있었다.

"하고많은 게임 중에 학생회는 하필 골라도 이런 재미없는 게임을 골랐냐?"

변종찬이 투덜거리는 소리가 들려왔다. 그새 바구니가 가득 차 있고 레벨은 농사꾼으로 승급되어 있었다. 그걸 본 윤서도 정신없이 과일 채집을 시작했다.

근면한 조달 팀 둘에 비해 나는 뭘 해도 미적미적 대충대충이었다. 인공지능은 아무래도 결원이 생긴 곳에 날 아무렇게나 배정한 모양이다. 하긴 캠프 희망 조사서에 나는 딱 한 문장만 써넣었다. 나머지는 모두 빈칸으로 남겼다.

어둑해질 때쯤 절벽 위로 돌아갔다.

채굴 팀이 광산에서 가져온 형광석들이 빈터 이곳저곳에 무더기로 쌓여 있었다. 돌탑은 비축해 둔 총탄이자 길을 밝히는 횃불 역할도 했다. 푸른빛에 비쳐 보이는 아이들 얼굴에 생기가 감돌았다. 자기가 입력한 소망, 희망이 언제 이루어질까 기대하는 모습이 크리스마스 전야에 산타를 기다리는 어린이들 같았다.

"이것 받아."

내게 황과를 건네받은 공작 팀 김한별이 개인 호신용 새총을 내밀었다. 다른 쪽 어깨에는 공격 팀을 위해 만든 활과 석궁도 메고 있었다.

"잘 만들었네."

"강서진이 다 했지, 뭐."

김한별이 배시시 웃었다. 교실에서 오영빈 무리에 시달리던 강서진이 활약하는 게 흐뭇한 모양이었다.

엔지니어 노릇을 하는 게 서진의 희망이었을 것 같지는 않았다. 황현호나 회장 한채희와 달리 서진은 허영심이나 도취감에 들뜨는 성격이 아니었다.

입시 사정관들은 인공지능이 짜 놓은 위기 상황 속에서 자기만의 고유한 잠재력을 발휘하는 학생에게 좋은 점수를 준다. 강서진이 겸손하고 능력 있는 인재로 여겨질 걸 생각하니 부럽다 못해 배가 아팠다.

공작 팀이 초식동물군(群) 분위기라면 공격 팀은 포식자들 같았다. 핸드볼부인 이초하를 비롯해 오영빈, 박병휘는 공작 팀이 배급한 활을 무기 삼아 나무로 만든 과녁을 겨냥했고, 쉴 새 없이 서로의 실수를 비웃었다. 사나운 용병들 사이에서 윤주비만 시들시들했다.

공동체가 자리를 잡아 가는 가운데 밤이 찾아왔다. 실시간보다 빠르게 흐르는 가상 시간에 적응하며 다들 차 안으로 들어가 괴수들을 상대했다.

새롭게 나타난 괴수들은 어제보다 훨씬 숫자가 많았고, 행동 양태도 달랐다. 차 위를 돌기만 하던 지난밤과 달리 숲에서 칡넝쿨과 마른 가지들을 가져다 타이어 밑에 대고 밀었다. 차가 절벽 쪽으로 기울기 시작했다. 바위가 떨어지는 소리가 쿵쿵 울렸다. 유리창 여기저기에 거미줄 모양의 실금들이 생겨나 크기와 숫자를 키워 갔다. 몇 번의 타격이 끝나 잠깐 고요해지는가 싶더니 실금 과녁을 꿰뚫고 촉수들이 쏟아져 들어왔다.

다들 겁에 질려 형광석을 내던졌다. 아군의 돌에 맞아 기절하는 아이들이 속출했다. 괴수들이 기절한 황현호를 덮치려는 순간, 푸른 전기가 휘몰아쳤다.

"저리 안 꺼져?"

채굴 팀 남우선이 형광석을 물맷돌처럼 붕붕 돌리며 외쳤다. 괴수의 다리가 바깥으로 빠져나감과 동시에 차에 시동이 걸렸다. 드라이브 VR로 수동운전 면허를 딴 박병휘가 버스를 몰기 시작했다. 버스는 거친 구동음을 내며 앞으로 돌진했다.

다른 아이들은 얼른 남우선을 따라 새총 줄을 늘어뜨려 형광석에 매듭을 지었다. 단단히 감은 형광석을 대보름 쥐불놀이하듯 휘휘 돌리면 공격과 보호를 동시에 할 수 있었다.

버스는 동녘 하늘이 밝아 올 때까지 벼랑 위 작은 공터를 내달렸다.

3일째 10:30

— 각 반 생존자 현황을 말해 줄게.

1반 14명, 2반 7명, 3반 13명, 4반 14명, 5반 6명.

아침이 되자 담임은 버스에 장착된 수신기를 통해 상황을 알려 왔다.

— 한 명 잃기는 했지만, 점수로 따지면 현재 1위야. 한채희가 얻어 준 가산점 덕분이지.

"열 명도 안 남은 반이 벌써 둘이나 돼요?"

부회장이 물었다.

— 너희도 어제 괴수들을 상대해 봐서 알 거 아니니? 5반은 여섯 명이라도 남은 게 기적이었어. 우리도 남우선하고 박병휘 아니었으면 똑같이 당할 뻔했다. 두 사람 정말 잘했다.

담임의 칭찬을 들은 박병휘가 뻐기는 표정으로 주위를 둘러봤다. 여기저기서 킥킥 웃음이 터졌다.

통신이 끝나자 전날처럼 모여 회의를 했다. 지난밤의 기습으로 다들 시퍼런 멍과 피딱지가 생겼지만 아무도 마음 쓰지 않았다. 어차피 흉터는 그래픽일 뿐이고 치열한 전투를 끝낸 훈장 같은 것이었다.

한 명도 잃지 않았다.

"일단 승기는 잡은 것 같지?"

"앞으로가 중요해."

외계의 해골성은 각 팀 간의 유기적인 관계가 핵심이다. 인원이 적어지면 감당해야 하는 역할이 늘어나기 때문에 피로도가 높아진다. 한 명이라도 더 보호하고, 적극적으로 협력하는 일이 중요했다.

"낮 동안에 장소를 옮겨야 할 것 같아. 괴수들이 또 차를 노리면 모두 당하고 말걸."

이소은의 지적에 모두 동의했다. 어디로 옮길까 고민하며 의견을 나누던 중 채굴 팀 김도훈이 아이디어를 냈다.

"광산! 다들 광산으로 옮기자."

사방이 형광석 결정으로 가득한 곳이라면 어제처럼 버스 안으로 촉수를 뻗으며 들어오던 괴수들로부터 자유로울 수 있다. 공격받는다고 해도 입구 쪽만 방어하면 된다. 지금까지 공작 팀에서 개발한 장거리 무기를 쓰기에 적합했다.

일단 조달 팀이 구해 온 음식을 먹고 체력을 회복한 뒤 움직이기로 했다.

"자, 자, 한 개씩 먹어."

변종찬과 박윤서가 새로 수확한 야자를 나눠 주었다. 부지런히 움직이더니 둘은 계속 승급해서 농사도 짓고 물고기도 잡을 수 있는 레벨이 되었다. 도토리깍정이처럼 생긴 뚜껑을 따니 시원한 과즙이 찰랑거렸다.

게임 속 하루는 24시간보다 짧아 몸이 빨리 지쳤다. 숲속의 습기와 열기, 계속 날아드는 벌레들이 체력을 떨어뜨렸다. 이

때 게임 속 음식들을 섭취하면 신경전달물질의 분비가 원활해져 가상 세계에서 발생하는 스트레스가 완화되었다.

다들 열심히 뛰며 공동체 공헌도 점수를 높이고 있었다. 그속에서 나만 유유자적 황과나 주워 애들한테 나눠 주었다. 황과는 섭취해 봐야 체력 회복 효과가 미미했다. 하지만 불평하는 사람은 없다. 평소라면 한소리를 하고도 남았을 오영빈이나 남우선도 고맙다며 인사를 했을 정도다.

캠프에서 승리하려면 누구 하나라도 소외시키면 안 된다. 자의든 타의든 무리에서 고립되는 사람이 생기면 상호작용 점수가 뚝뚝 떨어지게 되고, 가산점을 잃는다. 내내 꾸물거리면서도 눈총을 받지 않고 관계를 유지할 수 있는 건 이런 채점 체계 덕분이었다.

혹시 모를 상황을 대비해 버스는 최대한 숲속 깊숙이 옮겨놓았다. 차를 세운 뒤에는 가방을 메고 산길을 따라 동굴로 향했다. 강서진이 즉석에서 만든 손목시계형 간이 해시계로 시간을 측정해 부회장에게 알려 주었다.

"자자, 벌써 오후 두 시야. 좀 더 속도를 내."

광산은 골짜기를 지나 높이 솟은 봉우리에 있었다. 그동안 채굴 팀이 오르내리는 데 적잖이 고생했을 것이 분명했다. 도착하고 잠깐 쉬는 시간을 틈타 오는 길에 발견한 야생 당근을 들고 채굴 팀에게 갔다.

"많이 힘들지? 어두운 곳에서 일하니까 눈에 좋은 걸로 가져왔어."

야생 당근을 받고 황현호는 진주처럼 새하얀 이를 드러내며 웃었다.

"힘들긴. 채굴은 템발, 레벨발이야. 초반에는 고생 좀 했지만 지금은 편해졌어. 혹시 나중에 블루베리 찾으면 줄래?"

"알았어. 근데 채굴하다 이상한 거 못 느꼈어? 무슨 버그 같은 게 생겼다든지 말이야."

"뭐야, 노정아. 너도 이스터에그를 노리는 거야?"

부회장인 채굴 팀 김도훈이 끼어들었다. 황현호와 남우선은 전혀 모르는 눈치였다. 김도훈이 설명했다.

"다른 학교 애들이 그러더라. 해골성 광산 어딘가에 이스터에그가 숨겨져 있다고. 내가 채굴 팀에 지원한 것도 그 때문이지."

"헐? 그래? 하지만 별거 없었잖아. 끝까지 다 파 봤는데."

"이스터에그를 발견하려면 뭔가 조건이 맞아야 하나 봐."

셋이 주고받는 이야기를 잠자코 듣다가 공작 팀 쪽으로 다가갔다.

공작 팀은 광산 입구에 형광석들을 구슬발처럼 늘어뜨리는 계획을 논의하고 있었다. 숲속에서 칡넝쿨을 있는 대로 베어 오는 강서진의 모습이 보였다.

채굴 팀과 공작 팀 여섯 명이 힘을 합쳐 오후 내내 입구를 가릴 형광석 발을 제작했다. 반투명한 푸른 돌이 말린 곶감처럼 줄줄이 달려서 바람이 불 때마다 풍경처럼 울렸다.

나는 조심스럽게 광산 안으로 들어왔다. 우거진 노거수 가지와 햇볕에 싸인 숲의 정경을 뒤로하고, 볼에 닿는 동굴 속 공기는 쾌적하고 시원했다. 이따금 잠을 깬 박쥐와 동굴 도마뱀들이 끽끽거리는 소리가 어둠 저편에서 들려왔다. 홀린 사람처럼 나는 한참을 어둠 속에 머물러 있었다.

밤이 되었다. 괴수들의 숫자가 훨씬 늘었다. 숲을 수색하는 촉수들의 소리가 불길하게 울려왔다.

공격 팀은 형광석 발을 겹겹이 쳐 둔 입구에 앉아 공작 팀에서 만들어 준 형광석 화살을 만지작대고 있었다. 제일 앞에 선 박병휘가 초조하게 다리를 떠는 소리, 이초하가 낮은 목소리로 오영빈에게 지시하는 소리도 들렸다. 윤주비는 손톱을 씹고 있었다. 오영빈이 거슬린다고 계속 짜증을 내는데도 멈출 기미가 없었다.

이윽고 괴수들은 동굴을 찾아내 길고 투명한 촉수를 뻗쳐 왔다. 응축된 공포심이 터지듯 공격 팀이 화살을 퍼부었다. 욕과 고함이 난무했다.

교실에서도 욕을 기본으로 섞어서 말하는 애들이었지만 이정도는 아니었다. 캠프 상황을 모니터하는 교사와 학부모 들에게는 욕설을 제거한 전자음만 전송될 테지만, 현장에 함께 있는 우리에게는 모든 소리가 똑똑히 들렸다.

"잘한다!"

다른 팀들은 후방에서 공격 팀을 계속 응원했다. 캠프에 온 뒤로 가장 무섭고 뜨겁고 아늑한 밤이었다. 해골성 괴수들은 동굴 안으로 촉수 하나 뻗지 못했다. 요행히 들어온 괴수는 채굴 팀이 형광석 가루가 묻은 삽을 휘둘러 무찔렀다.

공격 팀의 머리 위로 그들이 사냥한 괴수들의 숫자가 떠올랐다. 물리친 괴수는 쉰일곱 마리. 최고 사냥꾼은 윤주비였다. 오영빈이 놓친 괴수까지 백발백중으로 처리했다. 윤주비의 실력이 월등하다는 게 확인되자 이초하가 앞자리를 넘겨주었다. 활을 당기는 단단하고 긴 팔이며 시위를 놓을 때면 흔들리는 머리채, 비껴든 달빛에 드러난 뒷모습이 무용수처럼 근사했다.

4일째 07:58

해가 뜨자마자 담임의 연락이 왔다.

— 얘들아, 밤새 수고가 많았다. 광산으로 옮긴 건 탁월한 선택이었어. 샘들이 하나같이 칭찬하시더라.

"다른 반은요? 그거나 빨리 알려 줘요, 샘."

담임 윤난주는 잔뜩 뜸을 들이더니 마지못해 대답했다.

— 1반 7명, 2반 전멸, 3반 13명, 5반 6명.

"4반은요?"

애들의 아우성이 이어졌다. 감추고 싶었겠지만 이미 표정에 장난기가 서려 있었다. 담임의 입이 떨어지기도 전에 다들 결

85

과를 예감했다.

— 9명.

함성이 동굴 안에 울렸다. 박쥐 떼가 놀라 퍼덕대며 나왔다. 캠프를 관람하고 있을 부모님들을 의식하며 다들 신나게 발을 구르고 소리를 질러 댔다.

통신이 끝난 뒤에도 흥분은 가시지 않았다.

조달 팀장 변종찬은 곳간을 개방해, 만들어 둔 음료며 구운 고기와 빵 들을 마구 내주었다. 채굴 팀도 레벨이 높아져서 지급받은 노래방 기기로 최신 음악들을 쩌렁쩌렁 울리도록 재생했다. 오영빈이 마이크를 잡았다. 고음이 끝도 없이 올라갔다.

다들 춤을 추고 노래를 불렀다. 얼마 남지 않은 기말고사에 대한 부담도, 캠프에 대한 중압감도 전부 던져 버릴 기세였다.

'이제 몇 시간 안 남았네.'

야자 과즙을 홀짝이며 나는 아이들의 축제를 가만히 지켜보았다. 이변이 없는 한 우리 반이 우승할 터였다.

교실을 벗어나서, 자기 희망대로 새로운 역할을 맡아 협력하는 아이들은 하나같이 생기가 넘쳤다. 야자를 다 마신 나는 가만히 하늘을 올려다보았다. 행복과 평화의 정점에서, 이 모든 걸 깨뜨릴 어떤 끔찍한 일이 일어나길 기다렸다.

캠프의 사전 희망 조사서는 비밀 유지가 엄수되었다. 사람은 비밀이 드러나지 않을 때에만 취향과 바람을 진솔하게 고백하니까. 그렇다고 인공지능이 고해성사를 들어 주는 사제라도 되는 양, 소원을 들어주는 램프 속 지니인 양 모든 걸 털어놓다니 웃기는 노릇이다. 나는 인공지능에게 내 속내를 털어놓을 생각은 없었다. 도리어 상황을 역이용해 그것이 감추고 있는 목적을 알아내고 싶었다. 희망 사항을 여러 개 적어 내면 인공지능은 그중 하나를 취사선택해 수락한다. 그러나 유일한 희망이라면 알고리즘상 반드시 들어주어야 했다.

내가 적어 낸 희망은 단 한 줄이었다.

나만 살아남게 해 줘.

같은 날 13:27

지금 웃고 떠드는 아름다운 모습은 알고리즘과 채점표가 만들어 낸 환각일 뿐이라는 걸 나는 안다. 캠프 안에서는 이상적 공동체처럼 굴지만, 현실로 돌아가면 한 달도 안 되어 모든 게 예전처럼 돌아간다. 중학교 때도 그랬다. 상황이 바뀔 걸 기대했지만 나처럼 숫기 없는 인간은 금방 잊히고 고립되었다. 그럴 바에는 이스터에그나 찾는 게 나았다. 우승을 놓치고 실망하는 아이들 얼굴도 실컷 보고 싶었다.

"어? 뭐야? 왜 갑자기 어두워져?"

당황한 아이들이 하늘을 보며 외치는 소리가 들려왔다. 환하던 대낮의 하늘이 캄캄해졌다. 태양이 달에 잡아먹히는 일식이었다.

"아악!"

멀리서 뜀박질 소리와 비명이 들려왔다. 어느새 괴수들이 한가득 나타나 메뚜기 떼처럼 하늘을 덮고 있었다. 아이들은 광산으로 들어오려 했지만 이미 괴수들이 입구에 진을 치고 있었다. 형광석 발 틈 너머로 늘어진 촉수가 애들을 붙잡았다. 숲으로 날아오다 늪에 담그기라도 했는지 진흙으로 범벅이 된 촉수는 형광석에 닿아도 전류를 일으키지 않았다.

'잔인한 건 보기 싫어.'

동굴 안쪽으로 물러섰다. 희망 조사서 덕분인지 괴수들은 나를 해치지 못했다. 괴수들이 난동을 부리는 입구를 등지고 한 걸음씩 고요한 동굴 속으로 들어갔다. 형광석 먼지들은 버섯 포자처럼 몽환적으로 길을 밝혔고, 천장에는 잠든 박쥐들이 한약방 약주머니처럼 주렁주렁 걸려 있었다.

'이제 방해할 사람은 아무도 없어.'

캠프가 끝나기 전까지 이스터에그를 찾을 시간은 충분했다. 배낭에 챙겨 둔 하루치 양식을 뒤져 블루베리를 찾아 먹었다.

눈이 환해졌다. 종유석과 석순을 구경하며 아래로 계속 내려갔다. 갈수록 온도가 떨어졌다. 추웠다. 채굴 팀들이 장비 위에 걸쳐 둔 점퍼를 찾아 입고 발걸음을 재촉했다.

'대체 어디에 있어?'

가상 캠프는 최신 기술을 활용한 엔터테인먼트이자 학생들의 인격 수양을 도모하는 수련회였고, 입시에 활용할 개인 성적을 수집하는 평가 수단이었다. 그러나 인공지능이 운영하는 가상 캠프에 또 다른 목적이 감춰져 있다는 이야기는 음모론처럼 따라다녔다. 개발자들이 숨겨 놓은 이스터에그를 찾으면 그 숨은 목적을 알 수 있다고 했다.

중학교 시절 처음 참가한 가상 캠프에 실망한 뒤로 나는 캠프의 이스터에그를 찾는 커뮤니티에 가입해서 오랫동안 단서를 추적해 왔다. 커뮤니티가 수집한 자료에 따르면 이스터에그는 지금까지 열두 차례 발견되었다. 한 발견자는 이스터에그가 게임의 세계관에 관한 비밀이라고 했고, 또 다른 발견자들은 캠프의 승리를 보장하는 조커 역할을 한다고 했다. 그러나 발견자 대부분은 이스터에그에 관한 언급 자체를 꺼렸다.

'이스터에그는 애초에 한 가지가 아니라, 여러 종류였을까? 인공지능은 이스터에그를 발견한 사람의 성향에 따라 다른 결과를 내놓는 걸까? 아니면 입시 특례?'

가상 캠프는 그 시작부터 입시와 연관성이 깊었고, 자기 이득이 얽힌 문제라면 사람들은 입을 다물기 마련이다.

시간이 꽤 많이 지난 것 같은데 동굴은 그저 깊어지기만 할 뿐 무엇도 보이지 않았다.

이대로 헤매다 가상 캠프의 끝을 알리는 카운트 숫자를 보게 될까 두려웠다.

춥다. 들리는 건 내 걸음 소리뿐이었다. 그러나 동굴 벽은 반향을 일으켜 수많은 이들의 발소리로 바꾸어 놓았다.

누군가 뒤에서 따라오는 건 아닐까?

"거기 누구 있어?"

생존자들이 동굴 안으로 들어왔는지도 모른다.

돌아오는 대답은 없었다. 새하얀 도마뱀이 지나가는 걸 보고 피하려다 넘어졌다. 무릎이 욱신댔다. 진짜 통증이 아닌데도 고통스럽다.

어느새 광산의 바닥까지 내려왔다. 채굴 팀이 쓰던 장비를 켜도 단단한 것에 걸린 듯 더 이상 움직이지 않았다. 답답한 나머지 벽을 여기저기 두드렸다.

형광석 너머 반짝 어른대는 무언가가 있었다. 유리창 너머를 살피듯 이마를 붙이고 안을 들여다보았다. 글자들이었다. 형광석 결정 모서리에 왜곡되어 읽기 어려웠지만 정신을 집중하면 읽을 수 있었다.

맨 위에는 출석 번호와 이름 들이 적혀 있다.

'캠프 희망 조사서잖아?'

제일 먼저 보이는 건 내 희망 조사서였다. 그 옆으로 다른 아이들이 적어 낸 조사서도 보였다. 글자를 읽기 위해 천천히 옆으로 이동하는데, 벽이 아지랑이처럼 일렁이더니 몸이 밑으로 빠졌다.

온통 형광석으로 뒤덮인 굴에 겨우 몸을 웅크려 기어 갈 만한 통로가 나왔다. 앞으로 나가는 것 말고는 수가 없었다.

가상 캠프에 갇혀 혼수상태에 빠진 학생의 이야기가 떠올라 머리가 지끈거렸다. 배신자가 된 대가를 치르는 걸까.

투명한 바닥 아래로 다른 아이들이 써낸 희망 조사서의 글 귀들이 비쳤다. 세세한 정보들은 형광석의 결정면에 가려 보이지 않았고, 해독할 수 있는 건 아이들이 나에 관해 적은 내용 뿐이었다.

학급에서 가장 걱정되는 학생은 누구입니까?

— **노정아. 정신 건강이 걱정됨.**

대부분 공통된 항목에서 내 이름을 언급하고 있었다. 긍정적인 이야기는 없었다.

— 거의 매일 일회용 반창고를 팔에 붙이고 다닌다. 혹시 자
   해하나?
— 말을 걸고 싶은데 대화가 계속 끊김.
— 가끔 애들을 보고만 있는데 불쌍하다.
— 끼워 주고 싶어도 잘 어울리려 하지 않음.

설마 다른 사람들이 날 어떻게 생각하는지 알려 주는 게 이스터에그는 아니겠지.

속이 쓰렸다. 가능한 한 평범하게 생활한다고 했는데도 열 명이 넘는 아이들이 나를 주목하고 있었다. 굳이 저렇게 성의 어린 답변까지 남길 정도로 나는 그들에게 불편한 존재였다. 자폐 성향을 가진 강서진만큼이나.

통로의 끝까지 기어 왔을 때 머리 위에서 바람 소리가 들려 왔다. 형광석이 얇아지는 부분까지 온 것 같았다. 주먹으로 두 드려 돌벽을 깼다. 이끼와 함께 물이 약간 밀려 들어왔다. 물에 휩쓸리지 않도록 단단히 지탱하며 일어섰다.

지하 수로 끝이었고, 위로 올라가는 계단이 있었다. 젖은 점 퍼를 벗고 계단을 올라갔다. 여기 더 있다가는 공황장애를 일 으킬 것 같았다.

문을 열어젖힌 순간, 캠프가 이미 끝났구나 싶었다.

같은 날 16:50

교실이었다.

빈 교실에 학급회장 한채희만 먼저 와 앉아 있었다. 붉은 결 정 안에 갇힌 괴이한 모습이었다. 교실 밖 창문으로는 회귀하 는 괴수 떼가 보였다. 습지 저편에 우뚝 선 절벽도 보였다. 달 에 먹혔던 태양이 다시 모습을 드러내고 있었다.

광산 밑을 헤매는 동안 시간이 멈춰 있었던 모양이다.

나는 얼른 청소 도구함 옆에 웅크려 숨었다. 해골성 안 괴수들의 서식지는 학교와 똑같았다. 정말 취향이 고약한 개발자들이다. 안으로 들어온 괴수들은 포획해 온 아이들을 각자 교실 제자리에 앉히고는 마루를 통과해 사라졌다.

아이들은 붉은 결정에 싸여 척추와 어깨가 경직된 채 레고 인형처럼 앉아 있었다. 괴수들은 다시 나타나지 않았다.

두 손을 포갠 채 고개를 숙이고 있는 아이들은 기도하는 것 같기도 하고, 폰에 열중한 모습 같기도 했다. 나는 심호흡을 하고 아이들에게 다가갔다.

"너희들 괜찮아?"

혹시 아이들이 나를 볼 수 있다 해도 주춤거릴 필요는 없었다. 누구도 내가 자기들을 배신했다는 걸 모른다. 가만 무릎을 굽히고 아이들의 얼굴을 올려다보았다.

결정이 몸을 완전히 마비시킨 건 아닌지, 작게 입을 우물거리는 게 보였다. 입 모양으로 봐서는 풀어 달라고, 구해 달라고 말하는 것 같았다.

나는 어깨를 으쓱했다.

"나도 구하고 싶지. 하지만 대체 뭘 어떻게 해?"

반 아이들은 모두 똑같이 입을 오물거리고 있다. 눈동자를 굴리는 애들도 있었다. 나는 내 자리에 앉아 책상에 얼굴을 대고 생각에 잠겼다.

정리를 해 보면 나는 광산 바닥을 통해 해골성 안으로 들어

온 모양이었다.

한 명이라도 해골성에 잠입하면 잡혀 온 아이들을 부활시키는 기회가 주어지는 걸까. 커뮤니티에서도 그런 이야기는 듣지 못했다. 그렇다면 광산 바닥을 통과한 이후부터 이스터에 그의 영역에 들어섰다고 보는 게 맞을 것 같았다.

혹시나 하는 마음으로 아이들을 감싼 결정을 두드려 보았다. 어지간해서는 깨지지 않을 만큼 단단했다.

영화나 동화 속 클리셰처럼 우정의 눈물이 회생의 비결일지도 몰라. 볼을 꼬집어 눈물을 떨구었다. 진심이 담기지 않아서일까. 효과는 없었다. 나는 몸을 돌려 내 뒤에 앉은 박윤서에게 말했다.

"이대로 끝난다고 해서 나를 원망하지 마. 나도 뭘 어떻게 해야 하는지 모르겠단 말이야."

박윤서가 결정 안에서 울기 시작했다. 최종 승리를 앞에 둔 상황에서 갑자기 전멸이라니 슬퍼하는 것도 당연했다. 정말 곤란한 상황이었다. 아이들이 나를 알아봤으니, 구해 주지 않으면 두고두고 원성을 살 게 뻔했다.

문득 옆자리에 앉은 강서진에게 시선이 갔다. 동굴을 지나는 동안 읽었던 문장들이 머리를 스쳐 지나갔다.

혹시.

나 혼자 이스터에그를 통과한 것에 다른 가능성은 없었을까. 내가 희망 조사서의 알고리즘을 이용한 게 아니라, 다른 아이들이 써낸 말들이 나를 이곳으로 이끌었다면. 다시 말해 인공지능이 어떤 성향들에 주목해 나를 선별한 거라면. 낮은 자존감 수치, 대인관계 고립도, 우울증, 자살 위험성, 반사회성 정도 같은…….

만약 이것이 진실이라면 인공지능은 나 말고 다른 관심학생에게도 무언가 역할을 주었을 것이다. 주인공을 돕는 조력자, 구원의 실마리를 쥔 메신저 같은 것.

나는 강서진에게 다가가 몸을 숙이고 얼굴을 올려다보았다.

강서진은 필사적으로 단어 하나를 우물거리고 있었다. 회생의 키워드는 어이없을 정도로 유치했다. 아아, 이제 이스터에그가 무언지, 가상 캠프의 숨은 목적이 무언지 알겠다.

커뮤니티에 있던 가상 캠프 분석 글 중에 캠프 후 이스터에그를 발견한 학생들의 삶의 만족도가 극적으로 향상되었다는 통계가 있었다. 이스터에그가 무엇이기에 학생들의 생활 태도까지 바꾸었을까. 이제는 알겠다. 이스터에그를 찾은 사람들이 대부분 침묵을 지킬 수밖에 없던 이유도. 가상 캠프의 숨은 목적은 나와 같은 '관심학생군'이 다른 아이들과 함께 잘 살아갈 수 있도록, 사회에 스며들 기회를 만들어 주는 것이다. '영웅'이라는 가짜 왕관을 씌워서 말이다.

허탈한 비애를 맛보는 동안 시간은 점점 흘러갔다.

이제 어쩌면 좋지. 이 놀이에 장단을 맞추며 승리할까. 아무것도 모르는 척 아이들에게 패배의 쓴잔을 안겨 줄까.

아이들의 굽은 등은 교실 속 처량하고 외로운 내 모습과 같았다. 누군가 구해 주기를, 말을 걸어 주길 기다리며 책상에 웅크린 수많은 '나'들. 그 절망스러운 얼굴들에 마음이 움직였다.

아니, 정직하자. 나는 가상 캠프가 끝나고 찾아올 현실에 굴복한 것이다. 나 혼자서 저 많은 얼굴을 무슨 수로 맞선단 말인가. 나는 마지못해 회생의 키워드를 읊조렸다.

"안녕."

아무 일도 일어나지 않았다. 실수를 깨닫고 우선 옆자리 강서진에게 다시 한번 속삭였다.

"서진아, 안녕."

공녀님은 기사가 되고 싶어서

이지연

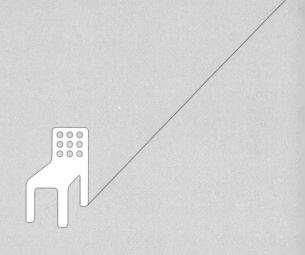

이지연

책과 동물을 좋아하는 어린이였다가 책과 동물과 한문과 과학을 좋아하는
청소년기를 거쳐 더 더 많은 것을 좋아하는 어른이 되었다.
세상에 좋은 것을 한 톨만큼씩 더해 놓을 수 있기를 바란다.
서울여자대학교를 졸업하고 상당 기간 단행본 편집자 및 번역자로 일해 왔으며
옮긴 책으로『무한의 경계』『2010 스페이스 오디세이』『1인분 프렌치 요리』
『빈티』등이 있다.

제국기사학교가 몇십 년에 한 번뿐인 특별반 모집을 발표한 건, 미드라코가의 17공녀 비크로니아 엘 베임 미드라코가 열다섯 살이 된 해의 일이었다. 제국이 공인한 공신귀족가 109가의 자손으로 13~18세여야 한다는 입학 조건은, 이 6개월짜리 단기 과정이 실은 황위 후계자의 '친우'를 뽑을 목적으로 개설되는 것이라서다. 가을이면 제국이 기다려 온 후계자 지명이 있을 것이다. 친우가 되면 황위 후계자와 함께 앞으로 몇 년간 제국의 미래를 이끌어 갈 인재로 교육받는다. 엘은 운명을 느꼈다.

"뭐, 잘됐구나. 엘은 원래부터 기사가 되고 싶어 했으니, 반년쯤 원 없이 경험해 보는 것도 괜찮지."

가주인 백부님께서는 아리송한 미소를 띠고 지원을 허락해 주셨다. 백부의 친딸인 12, 14공녀 언니들도 바랐던 기회인 걸 아는 엘은 표정 관리를 하며 얌전히 물러 나왔다. 그러나 가슴은 흥분과 기대로 터질 듯했다.

*

3월 초, 수도 동문 근처 별관에 모인 학생은 모두 80명. 예상 대로 그리 많지 않았다. 같은 시기에 예비문관학교, 신관학교, 마법학교에도 특별반이 열리기 때문이다. 이쪽이 인기가 덜한 만큼 선발도 겨우 대여섯 명일 것이라 이 숫자도 만만하다고 볼 순 없었다. 체격이 크고 무예에도 익어 보이는, 벌써 청년 티가 나는 사람도 더러 보여 긴장이 됐다.

"나는 라타노이아 에페타 아자임 키올코야. 에피라고 불러 도 돼."

문득 말을 붙여 온 목소리에 돌아보자, 첫눈에도 호감이 가 는 또래 소녀가 엘을 보고 쌩끗 웃었다.

"먼저 인사해 주니 고맙네, 분위기 서먹한데. 난 데레라고 해."

엘이 미처 답을 하기 전에 옆에 있던 남자애가 스륵 끼었다.

"난 엘이야. 엘 미드라코." 엘도 인사하고, 에피와 데레와 악수를 나눴다.

"있잖아, 우리 정말 행운이지 않니? 6개월 동안 제국 수도 에 와서 살 수 있잖아! 친우가 되면 더 오래 머물 수 있고."

"응? ……으응."

"나는 늘 수도박물관이 가 보고 싶었어. 전에 딱 한 번 가 본 적 있는데, 한 시간도 채 못 봤거든. 반년이나 있을 거니까 실 컷 가야지! 진짜 매일 갈 거야. 휴일엔 레브강에서 백조 배도

타 보고."

동부의 산지에서 온 에피는 경쟁 생각보다 수도 생활에 대한 기대에 한껏 들떠 있었다. 그나마 데레는 기사 수업에 조금 더 관심이 있어 보였다.

"잘할 것 같은 사람 많네……. 너 칼 솜씨 좋아?"

"그냥 기본은 해. 너는?"

"난 검술은 괜찮은데 공부가 걱정이야. 신법학(神法學) 어려운데. 외방어(外邦語)도 해야 한대."

"외방어는 내가 잘해. 필요하면 도와줄게. ……어, 저기 저 사람들, 그레코 가문 자매 맞지? 빨간 기장 단 언니들. 그레코 가가 왔으면 외방어는 저이들 거네. 난 가만있어야겠다." 에피가 움츠리는 시늉을 하며 웃었다.

"보기만 해도 누군지 알아?"

"그럼! 동부에선 중서부 귀족가들에 관심이 많거든. 노란 옷이 알게리코가, 그 옆에 키 큰 사람이 위코가 차기 가주. 저기 단발에 귀걸이 단 쌍둥이는 라메노가. 너도 북성의 라메노가 정도는 알지? 근데 같이 얘기하는 애는 누군지 모르겠네. 우와, 저기 민소매 입은 애들 팔 근육 좀 봐. 쟤들이 테미도가 삼형제일 거야."

"저 사람은?"

아까부터 은근히 신경 쓰이던 사람을 가리키며 엘이 물었다. 수수한 복장에 열여덟 살 밑으로는 보이지 않는 청년인데,

침착한 태도로 보아 상당한 실력자일 것 같았다.

"몰라. 어느 집안이지? 옷도 칙칙하네……. 학생 맞나?"

하긴 저런 차림이면. 엘이 약간 실망했는데, 데레가 일어났다.

"나도 저 사람 궁금하던걸. 실력 있을 것 같은데, 가서 인사해 볼까?"

그렇게 말하더니 서슴없이 그쪽으로 갔다. 대담함에 놀란 두 소녀가 잠시 후 쫓아갔을 때 데레는 이미 자연스럽게 통성명을 하고 있었다.

"아, 어서 와. 이분은 레과이코 가문이시래, 이름은 트로반. 여기 이 공녀분은 키올코, 이쪽은 미드라코예요."

"레과이코면, 그 옛날 3년 공성전에서 저희 시조 루빈과 나란히 싸우신 미모 레과이코 경의 후손이시군요?"

눈을 크게 뜬 엘을 보고 청년은 의외라는 듯 짧은 웃음을 흘렸다.

"800년 전의 인연을 잘 기억하고 계시군요. 지금은 한미해진 가문이지만, 한때 귀가의 시조와 함께하는 영광을 누렸습니다."

"당치 않아요. 대대로 황가의 자손들을 보위하는 중임을 맡아 오셨는데요."

고개를 깊이 숙여 경의를 표하면서도, 엘의 머릿속엔 여러 가지 생각이 들었다. 그렇구나. 가세 확장을 금기로 두고 조용히 명맥만 잇고 있는 레과이코가 같은 데서도 친우 모집이 있으면 자손을 보내는구나. 아니, 가만히 있어도 황가 경호가 업인 집안에서 왜 굳이 경쟁에 낀담? 아니면, 이 청년이 집안의 뜻을 거스르고 출세를 노리는 걸까?

*

레과이코가나 트로반의 속내가 뭔진 몰라도 나의 굳은 결심 앞에서는 한낱 먹잇감이 되고 말리라. 엘은 남몰래 투지를 불태웠지만, 정작 수업이 시작되자 느슨한 분위기에 놀라고 말았다. 엘이 보기에 다른 학생들은 별로 경쟁심이 있는 것 같지 않았다. 오히려 열의를 보이는 건 촌스러운 짓이라는 분위기가 지배적이었다.

100년 이상 평화가 지속된 판이니 해이해진 것도 어쩔 수 없는 일. 당장 미드라코가에서도 기사의 길을 간 건 차기 가주인 5공자 오빠와 또 한 명 해서 딱 둘뿐이었다. 엘은 17공녀로 태어난 시점에 이미 가주 경쟁에 끼어 볼 기회를 잃었는데, 그와 함께 기사가 될 가망도 없어진 셈이었다. 설령 조르고 졸라 기사학교에 진학했대도, 졸업하면 아무도 불러 주지 않아 기사 타이틀만 가진 백수가 되었을 것이다. 근면 성실한 미드라코가에서 그런 낭비는 용납되지 않았다.

즉, 엘에게는 이번 특별반이 유일한 기회였다. 황태자 또는 황태녀의 친우로 뽑히기만 하면, 그때는 길이 열린다. 설령 제국에 기사 자리가 딱 스무 개만 남는다 해도 그중 한 자리는 엘의 것이 될 것이다. 그렇게만 되면 엘은 제2의 루빈 미드라코가 되어 보일 자신이 있었다.

첫 달 성적은 만족할 만했다. 병참학, 지리학, 전쟁론, 기사도, 신법학, 외방어로 구성된 필기 과목들에서 엘은 4등을 했다. 목표대로 5등 이내 최상위권이다. 마상무기술과 검술 대련으로 가린 실기 쪽은 11등이었지만 앞으로 끌어올릴 수 있을 터였다.

'이대로 쭉 가면 돼. 학과는 이 페이스를 놓치지 말고, 실기만 잘 올려 보자.'

학과와 실기 모두 5위 안에 들자는 것이 엘의 결심이었다.

"엘, 너 정말 아무 데도 안 나가고 학교에만 있으려고?"

에피는 다짐했던 대로 수업이 끝나면 거의 매일 외출했다. 수도박물관 외에도 몇 군데 미술관과 유물관을 알게 되어 이쪽저쪽으로 부지런히 다녔다.

"응, 공부해야 해서. 재미있게 다녀와."

"하루쯤은 괜찮지 않아? 메리코의 진품 〈기사와 요정〉을 직접 볼 수 있는데. 4월 딱 한 달만 공개한다고. 보고 나서 차와 크림아이스 먹고 들어오자. 기분 전환이 될 거야."

수도의 4월은 아름다웠다. 강과 운하에 차오른 물에도 봄빛이 어리고, 가로수의 연녹색 잎들을 배경으로 공원의 꽃나무들이 터뜨리듯 일제히 꽃을 피워 냈다. 고향에선 접해 보지 못

한 수도만의 세시 행사와 절기 음식들이 있었고, 기사학교 자체 행사뿐 아니라 외부에 동원되거나 초청받을 기회도 많았지만 엘은 다 사양했다. 다른 학생들이 하루 종일 놀고 흥분에 달아오른 얼굴로 크게 떠들며 기숙사로 돌아올 때 엘은 자기만 조금 더 노력했다는 게 뿌듯했다.

하지만 두 번째 시험에서 결과는 예상을 좀 빗나갔다. 학과는 3등으로 처음과 비슷했는데 실기는 쭉 밀려나 19등이 되었다.

정신을 바짝 차리고 대책을 강구했다. 집에 편지를 써서 조언을 구하고, 학교와 상담해 마상무기술 보강을 받기로 했다. 또, 최종 시험에 추가된다는 전술실기 구두시험 대비로 정규반 스터디그룹에 가입해 시연용 전술 탁자 쓰는 법을 익혔다. 그렇게 한 달간 각고의 노력을 한 결과, 3회차에서 엘은 학과 10등에 실기 17등을 했다.

학과 등수가 떨어진 것도 충격인데, 조금밖에 회복 못 한 실기가 더 큰 부담으로 다가왔다. 이미 특별반 과정도 절반이 지났다. 남은 건 3개월뿐. 그리고 엘은 이미 전반 3개월을 정말 열심히 했다. 그 노력의 결과가 이거라면, 후반 3개월에 아무리 애를 쓴들 종합 10등 정도가 고작이지 않을까? 그 정도로 과연 친우에 뽑힐 수 있나? 성적만으로 선발되는 건 아니라지만 혈통, 나이, 용모 등 다른 고려 조건들은 애초에 바꿀 수도 없다. 할 수 있는 건 노력뿐인데.

"싫어. 시간 없어."

명기사의 강연이니 시험에도 도움 될 거라며 둘이 함께 와 외출을 꾀는 에피와 데레를, 엘은 퉁명스럽게 물리쳤다. 생각보다 더 매몰차게 말이 나왔다.

"너, 기사는 인맥이 아예 필요가 없니? 그렇게 혼자 공부만 파서 친우는 어떻게 하려고 그래?"

에피가 기분이 상해 쏘아붙였고, 데레는 유들유들 엘을 달랬다.

"너무 죽어라고 하면 오히려 안 늘어. 쉬기도 해야지."

미안하고 자괴감이 들면서도 울컥 짜증이 났다. 둘 다 꼴 보기 싫어서 그 자리를 도망쳐 나왔다. 트로반을 찾아가고 만 건 스트레스로 정신이 살짝 돈 탓이었으리라.

"어떻게 수련하면 좋을까요? 어떡해야 느나요?"

다짜고짜 매달린 엘을 트로반은 놀란 듯이 바라보았다.

"전 꼭 친우가 되고 싶어요. 레과이코 공자만큼은 못 된다 해도 조금이라도 올라가지 않으면 안 돼요. 이길 방법을 가르쳐 주세요."

"수련은 꾸준하게 하는 수밖에 없어요. 조급하면 다칩니다."

정론을 말하던 트로반은 엘의 절박한 표정에 마음이 움직인 듯했다.

"현실적으로, 남은 3개월 사이에 미드라코 공녀의 검술이나 마상무기술이 크게 늘 가능성은 낮습니다. 전술실기를 주로 파세요. 지상검술과 마상무기술은 최선을 다하는 걸로 만족해요. 친우 선발은 무술 대회 1등에게 주는 포상이 아닙니다. 황태자에게 평생 쓸모 있는 벗이 되어 줄 사람을 찾는 것이 목적이죠. 성적을 올리는 것도 중요하지만, 그것만 쫓느라 더 중요한 것을 간과하진 마십시오."

"감사합니다."

역시 뾰족한 수는 없구나. 엘도 몰랐던 건 아니었다. 힘이 쭉 빠지면서 정신이 들자 아무리 그래도 경쟁자인데 너무 앞뒤 없이 달려들었다는 자각이 왔다. 뒤늦게 민망해 물러나려는 엘을 트로반이 주춤, 잡으려다 말았다. 멈춰 서자 이번에는 그가 조금 얼굴을 붉혔다.

"음, 실례가 될 것 같지만…… 미드라코 양이 원하신다면 연습을 봐 드릴 수 있습니다. 당분간이라도요."

"정말요?" 엘은 눈이 휘둥그레졌다. "그러면 저는 신법학과 병참학을 가르쳐 드릴게요! 앗……."

기쁜 나머지 덥석 말해 놓고 뒤늦게 혀를 물었지만, 트로반은 기분 나빠 하지 않고 웃음을 터뜨렸다.

"제가 어느 과목에 약한지 잘 알고 계시군요? 하지만 꼭 그러지 않으셔도 됩니다. 제가 과연 보탬이 될지 어떨지도 아직은 모르는 일이니까요. 다음 시험 등수가 오르면 그때 보답해 주세요."

엘은 그에게 감사의 눈길을 보냈다. 거기에는 검술 최상위권자를 향한 감탄도 섞여 있었다. 얼마나 여유가 있고, 또 얼

마나 너그러운지! 트로반은 호리호리한 체격이지만 키가 크고
어깨가 넓어 신체 조건이 좋았다. 꽤 올려다봐야 하는 얼굴이
원래 이렇게 잘생겼던가 하는 생각이 들자, 오래 쳐다보고 있
을 수 없었다.

*

트로반은 약속을 지켰다. 약 20일을 엘은 매일 한 시간씩 그와
함께 연습했다. 첫날은 마상무기술과 검술 양쪽을 다 함께 했
지만, 다음 날부터는 검술에만 집중했다.

"검 쪽이 가망 있어요. 마상무기술은 토너먼트의 대진운이
나 타게 될 말의 컨디션도 영향을 미치니까요. 미드라코 공녀
의 검술은 좋은 수준입니다, 기초도 탄탄하고 소질도 있으시
군요."

그렇게 말한 트로반은 잇따라 몇 가지 요령을 지도해 주었
다. 교수와는 또 다른 관점에서 해 주는 지적에 엘은 눈이 트이
는 기분이었다. 며칠 지나지 않아 학교 수업에서도 전과는 달
라진 느낌이 났다. 특훈을 한 시간만 하기가 감질났다.

"에피, 나랑 검술 연습해 줄래? 한 시간만."

"외방어라면 같이 공부해도 좋아. 검술은 사양." 에피는 딱
잘라 거절했다. "검술이라면 라메노 쌍둥이하고 하지 그래?
아니면 데레한테 부탁해."

아닌 게 아니라 그들 쪽이 등수가 가까웠다. 지금까지 공부만 하느라 데면데면했지만 얼굴에 철판을 깔고 우선 라메노 쌍둥이에게 물어보러 갔다.

"아, 미안. 우린 우리대로 계획표가 있어서. 괜찮다면 나중에, 최종 시험 전에 대련해."

티리 라메노가 말했다.

"트로반 레과이코와 연습하고 있지 않아? 우리보다는 그쪽이 훨씬 도움 될 텐데."

다미 라메노가 말했다.

'하긴, 트로반은 워낙 잘하니까 상관 안 해도 비슷한 경쟁자끼리는 꺼려지기도 하겠지.'

데레도 십중팔구 거절할 거라고 생각하고 그다음 부탁 상대를 고르면서 물어보러 갔는데, 데레는 뜻밖에도 단박에 승낙했다.

"좋아. 내일 아침에 봐."

당연히 특훈 후에 만나기로 한 거였건만 다음 날 데레는 트로반과 나란히 연습장에 나왔다. 엘만 놀랐지 데레는 뻔뻔했다.

"두 시간이나 연습을 했다간 아침부터 너무 지쳐. 다음 날까지도 지장이 갈걸? 트로반도 같은 생각일 거야."

"같은 생각입니다. 미드라코 공녀, 오늘은 빈크라고 군을 상대로 해 보십시오. 남부식 3단부터, 자."

약이 올랐지만 어쩔 수 없었다. 다만 훈련 내용은 좋았다.

함께 해 보니 데레는 검도 사람처럼 싹싹했다.

"고마워. 도움이 됐어."

"나도 즐거웠어. 다음에 또 같이 하자."

과연 데레는 다음 주에 정말로 한 번 더 아침 연습을 같이 했다. 트로반과 얘기를 했는지 엘이 부탁할 필요도 없이 어느 날 불쑥 나왔다. 엘이 잘 못하는 부분에 집중한 그날의 연습도 알찼다.

얘기를 들은 에피는 엘의 얼굴을 뚫어지게 보았다.

"너는 아무 감이 없니?"

"무슨 감?"

"데레. 너한테 관심 있는 거잖아."

엘은 그만 웃고 말았다.

"관심은 무슨. 데레는 누구한테나 다 그러는걸, 자기 쪽에서 선뜻 다가가고."

"비크로니아 엘 베임, 네가 깜깜이인 거야. 딴 사람 눈에는 뻔히 보인다고. 네가 트로반에게 폭 빠진 것처럼 데레는 너한테 반했어, 첨부터."

"헤, 내가 보기엔 널 좋아하는 것 같던데?"

그렇게 받아치고 넘어갔지만, 엘은 다른 이유로 가슴이 쿵 내려앉았다. 트로반에게? 그게 보였나? 아니, 그냥 매일 같이 연습하니까 넘겨짚은 거겠지. 고마움과 호감을 착각하는 게 아닐까 스스로 의심해 봤지만, 하루하루 지날수록 설레는 감정은 없다고 할 수 없게 되어 갔다. 심지어 조금씩 커져 가고 있었다.

'지금은 이런 마음 가질 때가 아니야. 기사부터 되고 나서 생각해.'

설명을 듣거나 할 때 조금조금 트로반의 얼굴을 훔쳐보다 정신을 다잡곤 한 엘이었지만, 티를 냈다고는 생각 못 했다. 하지만 에피가 넘겨짚은 것이 아니고 실제 티가 났다는 게 밝혀졌다. 3주 가까이 계속해 온 아침 훈련을 마무리하던 7월 초 시험의 전날이었다.

"노력한 만큼의 성과가 있을 겁니다. 수고했어요. 시험 후엔 더 다양한 상대에게 연습을 청해 보도록 하세요. 저도 언제든 또 도와드릴 테니."

"정말 고맙습니다. 레과이코 공자께 감사한 마음은 말로 다 할 수 없어요."

아침 연습을 그만하게 되는 것도 아쉬웠지만 다른 의미로도 아쉬움이 컸다. 엘은 딴마음을 들킬까 봐 애써 아무렇지 않은 척을 했다. 그러느라 트로반의 태도가 평소와 다른 것을 미처 눈치 못 챘다.

"미드라코 양. 지금이 이런 청을 드리기에 적절한 때는 아닌 줄 압니다만."

돌연 낯설어진 목소리에 엘은 놀랐다. 쳐다보니 트로반은 평소 같지 않게 흔들리는 눈빛으로 미간에 살짝 주름을 잡고 있었다.

"싫지 않으시다면, 7월의 대축일 때 저와 춤추어 주시겠습니까? ……검술 성적이 오른다는 조건하에라도 괜찮습니다."

세상 심각하게 말을 하고선 애써 농을 곁들이는 그를 보면서 엘은 마음속으로 입을 틀어막았다. 설마? 진짜로? 트로반도 나에게 마음이 있었던 거야? 지금 이거 그거 맞지?

하지만 기쁨은 순식간에 뒤집히고 다시 뒤집혔다. 엘은 망설였다. 아마 한 1초쯤 너무 길게 망설였다. 눈길을 떼지 않던 트로반이 알아채고 스스로 물러날 만큼 길게.

"아, 부담을 드리려던 건 아닙니다. 미드라코 공녀는 그런 행사는 좋아하지 않으시죠. 괜한 얘길 했군요."

"그런 건 아니에요, 물론 무도회는……."

"시험 후에 얘기해도 됩니다. 일단 시험에 집중해요."

트로반은 어느새 평소 모습을 되찾고 있었다.

그날 밤 엘은 갖은 상념에 잠을 설쳤다. 생각이 꼬리에 꼬리를 물다 답답해 잠시 울기까지 했지만 그래도 가슴이 후련해지진 않았다. 어떡해야 했을까? 지금이 사랑을 할 때일까? 마음의 움직임이란 어쩌면 작은 틈새로 새어 드는 빛처럼 어느 한순간의 기회밖에 없고 그 기회를 잡아야만 하는 걸까? 회복할 수 있나, 나중에? 나중에, 과정을 마치고 친구가 되든 못 되든 결과가 분명해진 후에……. 과연 그렇게 편리하게 미뤄 뒀다 시작할 수 있는 일일지 엘은 알 수 없었다. 아침에 바로 트로반에게 달려가 승낙하고 싶지만 실제 그러지는 않을 자신이 한심했다.

＊

그런 기분으로 치른 시험인데도 성적은 눈에 띄게 올랐다. 실기가 종합 11등. 검술 덕이 컸다. 게다가 학과도 7등으로, 오히려 좀 회복되었다.

시험 후에도 엘은 트로반을 찾아가 무도회에 가자고 청하지 않았다. 결국 엘이 그에게 느낀 감정은 지금 당장 교제를 시작할 정도로 열렬하진 않았던 셈이다. 만약 트로반 쪽에서 한 번 더 청해 주었다면 무도회 한 번쯤 어때 하는 기분으로 응했을지도 모르지만, 트로반은 엘에게 부담을 주었다는 것 자체로 자책한 듯 다시는 말을 꺼내지 않았다.

7월 둘째 주는 대축일 앞뒤로 건국전쟁 기념일, 성소(聖所) 축일, 백색마법절, 민간의 명절인 '붉은 꽃의 날' 등이 붙어 있어 학교도 일주일간 수업을 쉬었다. 이 기간에 수도에 남아 놀러 다니는 학생들도 있었지만 반수 정도는 본집에 돌아가 절기를 지냈다. 엘은 기숙사에 남았다. 집이 먼 에피도 남아 있었기 때문에 쓸쓸하지는 않았다. 대축일에 에피는 제비꽃색 드레스를 입고 멋진 신흥귀족 청년을 파트너 삼아 무도회를 한껏 즐기고 돌아왔고, 밤늦게까지 엘에게 아름다웠던 조명과 실내장식 이야기를 재잘재잘 들려주었다. 엘은 만약에 트로반과 함께 무도회에 갔다면 어땠을까 상상했다.

대축일 연휴가 끝나자 뜻밖의 전개가 뒤따랐다. 복귀하지 않은 학생들이 있었던 것이다. 주로 하위권들이었지만, 마상 무기술을 잘해 늘 5, 6위는 하던 메릭 위코도 있었다. 위코가에서 무언가 정치적인 판단을 한 모양인데 어쨌든 엘에게는 예상치 못한 이득이었다.

"아, 나도 다시 못 올 뻔했어. 본가에서 잡는 바람에."

데레도 복귀가 늦어서 엘과 에피가 걱정했는데, 며칠 결석 후에 와서는 태연히 말했다.

"왜? 너희 집안에서는 친우 되는 것 반대야?"

"아니. 반대까진 아닌데 굳이 끝까지 하려고 그러느냐, 그쯤 했으면 됐잖냐고 그러시더라고."

"옛날에도 특별반은 많이들 중간에 관두고 그랬대. 중간 밑으론 어차피 수료하나 마나니까."

다미 라메노가 말했다.

"그리고 이번엔 친우 뽑혀 봤자 별거 없을 거래. 책봉은 결국 지토 황자일 거라더라."

티리 라메노가 말했다.

학생들은 어느새 연휴 동안 어른들에게서 얻어들은 추측들을 서로 전달하며 의견 교환을 시작했다. 제국 황실의 후계자 선정은 109가와 마찬가지로 동세대 자손 모두를 대상으로 하지만, 황제의 친아들이면 아무래도 유리한 법이라 올해 스물한 살로 일반적인 책봉 연령을 한참 넘은 8황자 지토가 아직 입에 오르내렸다.

"지토 황자가 될 거였으면 6년 전에 됐겠지. 그 후로 판도가 달라진 것도 아니잖아? 적령기 황손들 평판도 멀쩡한데."

"벨탄, 에곤, 레더레릭, 아르티 선에서 결정되겠지? 누가 될 것 같아?"

"아르티 황녀 지지하는 사람들도 많아. 마법에 재능이 좀 있는 정도가 아니래. 마법사회에서도 주목한다고 그러더라."

"레더레릭 황자는 아무 데도 고개를 안 내미네. 책 읽는 것만 좋아해서 틀어박혀 지낸다더니."

"내가 듣기론 무술 수련에 푹 빠졌다던데 얘기가 다르네." 데레가 싱긋 웃고 엘에게 물었다. "너는 누가 되는 게 좋아, 엘?"

"누구라도 상관없어. 지토 황자가 되셔도 괜찮아. 내가 기사가 되어서 섬길 수만 있으면."

엘의 소감은 그랬다.

"오직 기사. 의지 하나는 감탄스럽네. 제국기사학교는 뭐 했나 몰라, 엘 미드라코가 열두 살 때 뽑아 갔어야 했을걸."

엘을 포함해 모두 함께 웃었다. 트로반은 여느 때와 같이 다른 학생들과 거리를 두고 혼자 좀 떨어져 있었다. 여러 날이 지났지만 엘은 그를 보면 여전히 마음이 아렸다.

*

그런 가벼운 애상 따위 싹 지워 버릴 만한 충격이 5회차 시험에서 닥쳐왔다. 인원이 좀 빠지기도 했고 대축일 연휴 내내 굴하지 않고 노력한 것도 있어 엘은 이번에야말로 실기 10위 내 안착을 목표했다. 운이 따른다면 7, 8등까지 할 수도 있지 않을까 생각했다. 그러나 그렇게 되지 못했다.

사실 정리된 성적을 받기 전부터 이미 엘은 마음의 균형을 잃고 있었다. 최종 시험의 리허설인 셈으로 이전보다 격식을 갖춰 진행된 토너먼트에서 데레가 갑자기 두각을 드러냈기 때문이다. 지난달 데레의 실기 성적은 엘과 비슷하거나 약간 낮은 정도였다. 하지만 이번에 그는 돌연 빼어난 솜씨를 내보이며 파죽지세로 상대를 꺾어 10등 이상씩을 뛰어올랐다. 전술 실기는 엘과 동위, 마상무기술이 3등, 검술에서는 트로반 다음으로 무려 차석을 했다. 그리고 보면 데레야말로 엘을 10위 밖으로 밀어낸 장본인이었다.

"축하해."

그것밖에, 뭐라 다른 말이 나오지 않았다.

"운이 좋았지, 뭘."

데레는 엘의 안색을 살폈다. 추한 표정을 읽히기 싫어 엘은 그를 피했다.

"⋯⋯내가 너무 순진했어요. 데레가 실력을 숨기고 있다는 생각은 미처 못 했어요."

어쩌다 이렇게 됐는지 몰라도, 엘은 또다시 트로반과 나란히 앉아 속마음을 털어놓고 있었다.

"낙심하지 마요. 나는 최종 시험을 보지 않을 겁니다. 데레도 아마 사퇴할걸요? 힘을 내세요, 미드라코 공녀."

웃음이 깃든 것 같은 음성에 엘은 얼떨떨해졌다.

"왜요? 왜 여기까지 와서 그만둔다는 건가요?"

"친우 선발은 새 사람들이 황태자와 만날 수 있게 하려는 겁니다. 레과이코가에서 굳이 한 자리를 가져갈 리 없잖아요? 저는 기사학교 정규 과정을 다니지 않았기 때문에 어느 정도 객관적인 평가를 받기 위해 특별반을 이용한 것뿐이지요. 각자의 사정입니다."

역시! 부끄럽지만 안도감이 몰아쳐 왔다.

"그럼 데레는 왜요?"

"글쎄요, 빈크라고 군의 속마음을 알 도리는 없지만, 선발되는 게 목적이었으면 제 실력을 발휘하는 건 마지막에 가서 했겠지요. 그 편이 다들 방심할 거고." 트로반은 어깨를 으쓱했다. "그쪽도 이번 한 번은 제대로 해 보여야 할 이유가 있지 않았을까요."

꽤 그럴싸해 바로 믿어 버리고 싶은 이야기였다. 하지만 그건 트로반의 감일 뿐이고, 실제 데레가 최종 시험을 치지 않으리라는 보장은 아무 데도 없었다. 그리고 직감이라면 엘에게도 있었다. 엘의 직감은 데레야말로 친우감이라고 외치고 있었다. 상당한 실력에다 튀지 않는 자기 통제, 누구와든 쉽사리 어울릴 줄 알고 스며들어 가듯 가까워지는 친화력. 데레라면 설령 가문이나 나이가 조금 층이 진다 해도 불리하지 않을 텐데, 심지어 가문도 나이도 꼭 적당하다. 만약 자신과 데레가 모든 면에서 동점이라면 친우가 되는 것은 데레일 것이라고 엘은 믿었다.

우롱당한 것 같은 기분에 배신감만 해도 처리하기 버거운데 이글이글 타는 시기심이 엘을 녹초로 만들었다. 차마 데레를, 그리고 같이 친한 에피도 마주할 자신이 없어 엘은 며칠 동안 일부러 둘을 피했다. 에피가 잘 때까지 기다렸다 방에 돌아가거나 먼저 침대에 들어가 있기도 했지만, 어느 날 저녁 에피는 자는 척하는 엘의 침대가에 와 베개를 잡아 뺐다.

"일어나 봐, 비크로니아 엘 베임. 너 요새 너무 심해. 말해 봐, 내가 뭘 잘못했니?"

엘은 3초간 그대로 있었지만 결국 꾸무럭꾸무럭 일어나 앉았다.

"그런 건 아니야. 미안."

"그럼 데레야? 걔 성적이 올라서? 너보다 위로 올라가니 보기 싫고 그래?"

"아니. 내가 창피해서 그래."

참으려고 해도 주르르 눈물이 나왔다.

"창피하긴 뭐가?"

"걔는 그냥 슬슬 하고 있었는데 난 아무것도 모르고 아등바등했던 거잖아."

"공부는 네가 더 잘하잖아! 병참학도 외방어도 신법학도!"

"공부만 잘해 가지고는 안 되잖아!" 엘은 베개를 끌어안고 웅크렸다. "나는 기사가 될 거라고. 기사로서 친우에 뽑히려면 검술도 마상전투도, 골고루 다 잘하지 않으면 안 돼."

에피는 한동안 엘을 노려보다가, 한숨을 쉬며 엘의 머리를 끌어당겨 안아 주었다.

"너무 열심히 하느라고 살짝 돌았구나. 기사가 뭐라고. 그리고, 요즘 세상에 무예 뛰어난 기사가 그렇게 많아? 행사 때 뵈었던 선배 기사님들 생각 안 나? 늙어 가지고 배불뚝이에 걸음도 간신히 걷던데."

몸이 닿은 채 쿡쿡 웃는 에피 때문에 의도치 않게 엘도 웃음이 나왔다.

"데레는 데레대로 사정이 있는 거야. 일부러 널 골탕 먹이려고 그런 건 아니라고 생각해. 자세한 건 몰라도……." 그렇게 입을 뗀 에피는 몇 번을 망설이다가 결국 비밀을 말했다. "있지, 우연히 알게 돼서 나도 고민했는데, 본인한텐 아는 척하지 마. 데레는, 실은 빈크라고가 아니야."

"뭐?"

"빈크라고 가문과 가까운 사람에게 들었어. 데레라는 공자는 없대. 물론 데레가 멋대로 가문명을 사칭한 건 아닐 테니 빈크라고가에서 한 짓이지. 우선 특별반에 보내 놓고, 친우로 뽑힐 경우 입적하겠다는 걸 거야. 출생 서열이나 입적 시기는 적당히 위조하고. 있을 수도 있는 일이잖니."

그러면 데레는 평민인 걸까? 아니면 지방 소귀족이나 토호의 자식인데 검술이 뛰어나 빈크라고가에서 눈여겨봤는지도 모른다.

이 일은 명백한 규칙 위반이었다. 친우는 엄연히 109가의 자손 중에서 뽑게 되어 있었고 양자를 들인다든가 하는 꼼수는 인정받지 못했다. 만약 이 사실이 밝혀진다면 데레는 자동으로 후보 탈락이다.

친우만이 기사가 될 방법이라고 목을 맨 자신보다도, 알고 보니 데레가 더 벼랑 끝에 서 있었던 거구나 엘은 생각했다. 태연한 척하지만 실은 데레에게도 특별반은 어떤 유일한 기회였겠지. 빈크라고가에서 건 조건이 어떤 것이었을지 엘로서는 상상만 해 볼 따름이었다. 그걸 위해 데레가 무릅쓴 게 무엇일지도.

이것만큼은 트로반에게 상의할 수 없었다. 그럴 필요도 없다. 선발이 되든 되지 못하든, 추후의 일은 빈크라고가와 데레 본인이 감당해야 할 터. 엘이 할 수 있는 일은 가만히 상관하지 않아 주는 것뿐이었다. 데레가 우월한 처지에서 자길 비웃는 것 같은 환상에서 겨우 깨어나 엘은 비로소 다가올 전투를, 최종 시험을 마주했다.

*

일주일 전까지만 해도 덥던 날씨가 갑자기 산뜻해지면서 특별반 일정도 마무리를 앞두었다. 시험이 끝나면 이틀 후 성적 표창과 함께 졸업하게 된다. 친우 부분은 공식적인 것이 아니라, 추후 연락이 있을 것이라고 했다.

최종 시험은 장장 일주일간 치러졌다. 학과 시험에도 황실의 높은 분들이 참관하러 와 보를 씌운 긴 탁자에 앉아 시험 진행을 지켜보셨다. 태도 점수가 있다는 풍문에 학생들은 허리를 꼿꼿이 세우고 문제를 푸는 동안에도 귀족다운 품위를 보여야 했다.

실기 시험은 더욱 성대하게 준비되어, 일부는 시험이라기보다 공연같이 되었다. 열한 살짜리 예비 생도 아이들을 다섯 명씩 거느리고 전쟁놀이로 하는 전술실기 시험 제1부가 특히 그랬다. 색색으로 물들인 갈대 화살과 조약돌이 들어간 털실 폼폼 탄약이 무기로 주어지고 많은 수의 구경꾼에 음악과 다과까지 곁들여진 이 공연이 4일간 산만하게 진행되는 가운데, 한편으론 천장 높은 회의실에서 전술 탁자를 앞에 두고 좀 더 자격이 있는 참관인들을 모신 제2부 구두시험도 병행되었다. 엘은 스터디그룹을 계속한 보람이 있어 전술 탁자에서 제대로 실력 발휘를 해냈고, 정원의 모의전에서도 기대만큼의 결과를 수확했다.

셋째 날, 마상무기술과 검술 대진표가 나오면서 비로소 최종 불참자가 확인되었다. 황제가 친람하시는 가운데 일대일로 지는 모습을 보이고 싶지 않아서인지 앞 시험을 봐 놓고도 이름을 뺀 학생들이 꽤 있었다. 하지만 10위 안쪽에서는 안 그랬다. 최상위권에서 빠진 건 트로반뿐. 데레도 두 과목 모두에 멀쩡히 이름을 올렸다.

엘의 마음속, 중앙의 통제가 닿지 않는 변두리 어두운 한구석에서 이름 모를 악당들, 불량배들이 참언을 지껄이고 음모를 획책했다.

'진짜 빈크라고도 아니면서.'

'어떻게 해서라도 기사가 되고 싶었던 것이라면, 평민에게도 열려 있는 좁은 관문을 통과해서 제국기사학교 정규반에 들어갔어야지. 왜 특별반엘 와? 사기를 치면서까지?'

'아무리 높은 등수를 차지한대도 사실이 밝혀진다면 데레는 친우 선발에서는 제외될 거야. 아니, 사전에 밝혀진다면 아예 시합에 나서지 못하겠지.'

'그런다고 소동이 벌어지진 않을 거야. 데레가 벌을 받을 것도 아니고. 이름을 빌려준 빈크라고가의 체면을 보아 스스로 불참한 걸로 무마될걸. 애초에 그 정도 위험부담은 감수하지 않았겠어?'

엘 마음속의 비겁자들은 심지어 데레를 엘이 직접 고발하는 부담조차 지지 않아도 된다고 나불거렸다. 익명의 투서. 아니면 에피에게 맡길 수도 있다. 고발이 아니라, 엘을 비롯한 유자격자들의 자리를 괜히 빼앗지 말라고, 끝까지 가서 문제를 만들지 말고 스스로 물러나라고 설득해 볼 수도…….

엘은 그놈들을 한 놈 한 놈 마음속에서 모조리 잡아·죽였다. 그 목소리들은 죽여도 죽여도 버섯처럼 뽁뽁 고개를 내밀곤 항변해 댔다. 말싸움을 해 이길 자신은 없었기 때문에 엘은 귀를 틀어막았다.

마상무기술에서 엘은 데레와 마주치지 못한 채 10위로 시험을 마무리했다. 그리고 검술에서도, 마상무기술 상위권자들의 대결을 마지막 날 황제께서 친람하실 수 있도록 대진이 변경된 덕에 엘은 데레뿐 아니라 데인 테미도나 몰 그레코와도 만나지 않은 채로 4강에 올랐다.

4강이라니. 트로반이 빠진 걸 감안해도 커다란 행운이었다. 이미 이전의 어떤 시험보다도 높은 등수를 확보했다. 과목 점수를 합산하면 실기만도 7등 정도는 될 것이고, 학과 시험 결과가 예상에서 크게 빗나가지만 않는다면 평균해 5등이란 최초의 목표도 달성했을 가능성이 컸다. 가능권이다!

그건 즉, 만약 여기서 더 나아간다면 안정권이라는 뜻이었다. 단 한 번이라도 더 이긴다면.

노력과 요행과 시운이 한데 모여 엘의 욕망을 여기까지 떠받치고 올라왔다. 그 세 가지 외에 더 필요한 게 있다면 엘은 요정의 꽁지깃이라도 뽑을 마음이었고, 그 집념에 변동은 없었다.

4강 첫 경기에서 엘은 몰 그레코에게 졌다. 3, 4위전이 남았다.

테미도 형제의 맏형이 데레를 이겼을 때, 마치 모든 게 다 정해져 있었던 것 같은 느낌이 들었다. 그러나 묘하게도 더 이상 동요는 없었다. 아직까지 작게 찍찍거리는 목소리들을 마저 눌러 죽이면서 엘은 마음속 집념이 뭔가 의지 같은 것으로 승화된 걸 느꼈다. 경기장에 나설 때 엘의 정신은 칼날처럼 고요하고 단단했다.

귀빈석에 앉아 있는 분들 중에 알 수 있는 건 황제 폐하뿐이었다. 옆에 있는 사람들도 황가의 중요한 분들이겠지만 엘은 몰랐다. 마지막 순간이기 때문인지 오히려 엘은 이 대결에 무엇이 걸려 있는지를 잊었다. 칼이 마주쳤고, 미리 길이 정해져 있기라도 했던 것처럼 유려한 궤적을 그리며 비켜 흘렀다. 전진, 후퇴, 한 박자 넘기고, 방어. 반격 시도, 방어. 우회 공격.

데레와 시선이 마주친 곳에서 칼날이 서로 만난 듯이 반짝, 불티가 튀었다. 데레도 이 대결에 즐거움을, 투지를 느끼고 있었다. 별안간 엘의 가슴은 기쁨에 찼다. 데레의 시선, 그것이 누구의 어떤 말보다 더 큰 칭찬으로 다가왔다.

고맙다는 말을 대신해, 엘은 완벽한 타이밍의 찌르기를 선사했다. 솔직히 한 수 위인 상대에게 바치는 최선의 경의이자, 그의 여유를 잠시나마 흔들 만한 날카로운 공격이었다. 엘의 검 끝이 데레의 방호복 올을 조금 뜯었다. 그런데,

"인정합니다."

약간 볼썽사납게 옆으로 비켰던 데레가, 칼을 세우며 그대로 물러났다.

"승리, 비크로니아 엘 베임!"

엘은 믿어지지 않았다. 밀린 것이지, 패한 건 아니었다. 왜 자진해서 패배 선언을?

다른 사람들은 별생각이 없어 보였다. 패배를 인정하는 게 좀 빠르긴 했어도 그럴 만하다고 보는 분위기였다. 하지만 직접 검을 나누던 엘로서는 느닷없이 얼굴에 물을 뒤집어쓴 듯했다.

호명에 따라 황제 앞으로 나가 승자에게 주어지는 리본을 받으면서도 엘은 미소를 지을 수 없었다. 새로운 여기사 후보를 기특하게 눈여겨보는 선배 기사들의 시선도 거의 의식 못했다. 한 무릎을 꿇고 감사를 표하는 요식행위를 마치자마자, 결승을 지켜볼 생각도 없이, 엘은 바로 회랑으로 뛰어들었다.

*

정말 태연한 애였다. 이 상황에도 뱃심 좋게 엘이 올 게 뻔한 대기실 뒤 중정을 어슬렁거리고 있다가 마주치자 얼굴 가득 웃음을 지었다. "여, 승자!"

"왜 그랬어?"

차가운 태도에 데레는 눈을 끔벅였다.

"에피가 무슨 얘기 했어? 내가 안다는 거 알았지?"

"알다니, 뭘?"

"너 평민인 거." 폭탄 같은 한마디가 그대로 떨어졌다. "넌 빈크라고가 사람이 아냐. 어떻게 109가의 가문명을 달고 특별반에 들어왔는지 몰라도 그만큼 절실해서였겠지. 끝까지 버틴 건 친우 선발을 받아 내려고 그런 거 아냐? '적어도 실력으론 내가 적격자다'라는 걸 입증하려고 한 거잖아? 그런데 왜 물러나?"

놀란 얼굴로 멈춰 버린 데레 앞에서 엘은 맨 밑바닥 말까지를 기어코 털어 냈다.

"내가 일러바칠까 봐, 네가 나를 이기는 날에는 폭로하고 나설까 봐 져 준 거지?"

데레의 표정이 새롭게 굳었다. "그런 생각은 하지 않았어."

서로를 탐색하는 엘과 데레의 시선이 팽팽하게 맞섰다. 조금 전 검을 맞댔을 때만큼이나 치열했다.

"그럼 왜인데?"

데레는 어깨를 으쓱했다.

"그냥…… 네가 누구보다 집념을 가지고 기사가 되려고 하니까, 기사 친우는 너 같은 애가 되면 좋겠다 싶어서."

"너는 안 돼도 되고?"

"나는 안 돼도 돼." 데레가 별안간 표정을 풀고 평소같이 싱

글거렸다. "기사 정도는 꼭 너를 누르지 않아도 될 수 있어. 그렇잖아? 괜찮은 성적으로 특별반을 수료하면 정규 과정으로 편입할 수도 있고. 친우가 되는 것만이 길은 아니지."

그건 그랬다. 학비야 좀 들겠지만, 데레가 평민이라고 해서 그게 곧 가난하다는 뜻은 아니다. 누구나 다 같은 처지는 아니니까. 하지만 그러면 빈크라고가는?

혼란에 빠진 엘의 귓전에 시험장 방향에서 환성, 음악, 소란이 날아와 시험 종료를 알렸다. 우승자가 탄생했구나. 생각해 보면 3위냐 4위냐 하는 건 다른 사람들에겐 그렇게 큰 문제일 것도 없다. 1점이 아쉬운 엘에게나 중하지, 남들 시선은 어차피 1등에게 쏠릴 거였다. 심지어 데레조차도 엘이 혼자 상상했던 것과는 달리 별것 아닌 양보를 했다는 식이니. 이런 상황에 혼자만 수긍 못 하겠다고 나서는 것도 유난한 짓이겠지.

하지만.

형체 없는 적에 맞서 얼굴이 새빨개진 엘을 데레는 신기한 듯이 들여다보았다.

"나도 하나 묻자. 넌 기회를 원했고 지금 거의 얻었는데 뭐가 불만이야? 친우로 뽑히는 게 목표 아니었어?"

"아니야. 나는, 기사가."

목이 꽉 막혀 와 엘은 말을 할 수 없었다. 막힌 것을 꿀꺽 삼킨 뒤 겨우 목을 가다듬었다.

"배려해 줘서 고마워. 하지만 기사는 그래선 안 돼. 나랑 같이 등수 정정하러 가."

데레는 킁 하고 콧바람을 불어 냈다.

"이제 와서? 그리고, 최종 시험의 중대성을 좀 과소평가하고 있는 것 같네. 학교에 말하는 걸로 끝이 아니야. 황제 폐하한테서 리본을 받았잖아? 1, 2, 3등을 바꾸려면 폐하께도 아뢰어야 해."

"그럼 폐하를 뵈어야겠네."

"진심이야?"

깜짝 놀란 데레 앞에서 엘은 고개를 끄덕였다. 다시 둘의 시선이 대결을 벌였고, 이번에 데레가 물러난 건 양보가 아니었다. 패자는 몸을 돌리며 투덜거렸다.

"못 말리겠네. 진짜로 가?"

"가."

"넌, 기사 될 기회를 걸 정도로 기사가 되고 싶은 건 왜야? 요람에 있을 때 기사의 요정이라도 만났어?"

"맞아."

화들짝 돌아본 데레가 반신반의하는 표정인 게 우스워 엘은 더 활짝 웃었다.

"요람에 있을 때는 아니고 다섯 살인가 여섯 살 때, 어느 날 오후에 나무에서 내려와 빛나는 가루를 묻혀 주고 갔어. '제국의 믿음직한 검이 되거라' 하고 말해 줬어."

엘을 응시하며 데레는 웃지 않았다. 오히려 조금 더 믿는 쪽으로 기운 듯 눈빛에 살짝 경외마저 어렸다.

겉으로는 아무렇지 않은 척했지만, 이 얘기가 비웃음을 사긴커녕 거의 사실로 받아들여진 데에 엘 자신도 꽤나 놀랐다. 꿈이 아니면 혼자 공상해 낸 기억일 거라 생각해 남에게는 한 번도 한 적이 없는 이야기였다.

＊

데레가 성큼성큼 앞장선 바람에 엘은 어디로 가는지도 모른 채 따라갔다. 옆 건물의 중정을 거쳐 반 층 위 복도로 올라선 데레는 이리저리 길을 꺾어 평소에 출입할 일 없던 구역으로 접어들었다. 방 하나와 문 두 개를 통과하자 품격 있게 꾸며진 전실이 나왔다. 건너편으로 긴 창들이 여럿 있어 한결 밝은 큰 방이 보였고, 반대쪽 회랑에서 열두어 명 되는 어른들 일행이 지금 막 그 방으로 들어서는 참이었다. 그쪽까지 또렷이 들릴 만한 큰 소리로 데레가 불렀다.

"폐하, 레더레릭입니다. 잠시 드릴 말씀이 있어 왔습니다."

상대편 일행 모두가 이쪽을 보았다. 엘은 눈을 깜박였다. 그 중 한 분은 분명히 아까 뵌 황제 폐하셨다.

"무슨 일이지?"

"여기 미드라코 공녀가 저와 나눈 승부에 이견이 있다고 합니다. 공녀의 의견에 따르면 제가 일부러 양보했기 때문에 자신이 거둔 승리가 정당하지 못하다는 겁니다."

어른들의 낮은 웃음이 귀를 달구었다. 큰 방 전체가 엘의 눈 앞에서 기우뚱 기우는 것 같았다. 이게 무슨 얘기지? 데레가? 황제와? 무슨? 황망 중에 엘의 시선은 황제 일행을 수행한 젊은 기사 한 명에게 붙들렸다. 트로반! 트로반은 왜 여기에?

살짝 고개를 숙이며 물러서는 그에게 정신이 팔려 있다 보니 황제는 엘을 주목하고 계셨고, 옆에서 특별반 교수님이 무슨 말인가를 황제께 귀띔해 드렸다. 엘은 뒤늦게 고개 숙여 절했다.

"오, 미드라코 공녀. 검술뿐 아니라 전체적으로 우수한 성적을 거두었더군. 많은 노력을 했겠어, 치하하네."

"감사합니다……."

"저 녀석이 하는 말이 무슨 소리지? 둘이 다투었나? 아니면 성적을 내리고 싶은 까닭이 있나?"

"그런 건 아니에요. 성적은 정말 올리고 싶습니다. 저는 꼭…… 정말 꼭 선발되고 싶으니까요." 너무 정신이 없어 엘은 무슨 말을 하는지도 몰랐다. "하지만, 제 것이 아닌 승리를 차지하고 싶진 않습니다. 그, 제가 반칙을 한 것은 아니지만, 데레가, 빈크라고 공자가." 결국 말이 꼬여 엘은 새로 심호흡을 했다. "……어쨌든, 정당하지 못한 이득을 말없이 얻고 싶진 않습니다."

다시 한번 잔잔한 웃음소리가 일었고, 엘은 열 살짜리 어린

애가 된 기분이었다.

황제는 엘을 향해 고개를 끄덕였다.

"젊은 나이에 시비를 고집하는 패기는 좋은 것일세." 그러곤 흘긋 데레를 스쳐보았다. "하지만 승패는 다시 따질 수 없는 법. 양보든 주저든 패배는 패배야. 이번 기사학교 특별반 지상검술의 3위자는 미드라코 공녀가 맞네."

어떻게 물러 나왔는지 몰랐다. 분명히 절을 했겠지만, 설마 박차고 뛰어나오지는 않았겠지만 그 부분 기억이 하얬다. 충분한 것 이상으로 한참을 도망쳐 나온 뒤에야 엘은 무릎을 잡고 한동안 숨을 몰아쉬었다.

"미안. 너무 갑작스러웠지?"

쫓아온 데레도 숨이 가빴다.

"너, 황자였어?"

"평생의 인맥을 알아볼 기회인데, 잠행의 유혹을 떨치긴 어렵잖아."

평소처럼 유하게 어깨를 으쓱하는 데레였지만, 조금은 눈치 보는 티가 났다.

"그럼, 네가 황태자가 되는 거야?"

데레가 차기 황제. 그렇다면 데레야말로 엘이 친우로서 보위하고 함께 성장해야 할 사람이자, 장차 기사로서 평생 섬기게 될 주군이었다. 눈앞에 폭죽이 연속으로 터지는 것처럼 계속해서 아찔하기만 할 뿐 좋은 건지 싫은 건지도 분간되지 않았다.

정작 데레는 아무렇지 않아 보였다. "황태자가 될지 어떨지는 아직 몰라. 아르티 누님도 있고, 지토 형님도 있는데. 그건 마지막 순간까지 알 수 없는 일이야. 하지만…….." 말하면서 데레는 엘과 시선을 맞췄다. "기사학교에서 누가 친우가 될지는 대충 알 것 같은데?"

잠행 나왔던 황자의 의견이 묵살될 가능성은, 없지. 사실상의 친우 확정. 충격파 속에 비로소 기쁨이 조그맣게 실감으로 싹텄다.

그걸 포착해 낸 데레는 자기가 더 크게 벙글거렸다.

"만약 황태자가 안 되면……?"

"너와 같아. 기사가 되어서 제국에 봉사해야지, 황제의 신하로서. 그때는 동료가 될 테니까, 어느 쪽이든 우린 앞으로도 자주 보게 될 거야."

마음 놓고 신이 난 데레 뒤로 엘은 저만치 뜰 입구에 얼굴 하나를 알아챘다. 지켜 주는 요정이기라도 한 것처럼 비상사태를 감지한 에피가 엘을 찾아낸 거였다. 시선이 마주치자 에피는 걱정스러운 표정으로 눈짓을 보냈다. '나 그쪽 가도 돼?'

정작 엘의 판단은 헷갈렸지만, 푸드덕거린 손동작을 적절히 해석할 만한 분별이 에피에게는 있었다. 에피의 존재를 알아채지 못한 채 데레가 말했다.

"내 정체는 조금 더 숨겨 줬으면 좋겠어. 가능하면 책봉식 때까지. 괜찮지?"

"에피한테도?"

"에피한테는 내가 따로 말할게. 실은 그게…… 너, 비밀 지킬 수 있어?"

엘이 고개를 끄덕이자, 데레는 몸을 앞으로 살짝 기울여 귓전에 입을 가까이 했다.

"잠행을 나온 게 나 혼자가 아니거든. 지토 형님은 문관학교에, 아르티 누님은 마법사 학교에 가 있어."

엘은 눈이 휘둥그레졌다.

"아니, 너는 그렇다 쳐도 지토 황자는 얼굴도 잘 알려져 있잖아?"

"당연히 그 얼굴 그대로 간 건 아니지. 아, 그리고 지토 형님은 학생으로 가장한 거 아니야. 학교 급사 노릇을 했어. 재밌지? 아르티 누님은 프릴투성이 드레스를 입고 성격 나쁜 세도가 딸 연기를 제대로 했나 봐. 신분 만들어 준 친구들도 같이 들어가 있었는데 온갖 무용담에 침이 마르더라고."

수십 년에 한 번뿐인 제국 4대 학교의 특별반들이, 다수의 위장 신분이 판치는 가짜 소굴이었다니. 엘은 속으로 통절히 반성했다. 아무리 나이가 어리다지만 나는 병법학도로서 너무 순진했어. 이래서야 앞으로 어떻게 큰 기사가 된담?

"……역시 정규반을 다녔어야 했어. 친우 되면 공부 진짜 열심히 할 거야."

"미래의 주군으로서는 고맙고, 미래의 동료로서는 위협적이군."

반은 웃고 반은 찡그리면서 데레는 손을 내밀어 악수를 청했다. 엘이 그 손을 잡자 진지하게 두 번 흔든 다음, 손을 놓기 전에 엘 뒤편을 눈짓했다. 그 눈빛에 장난기가 비쳤다.

"그럼 책봉식 때 봐. 그리고, 짐작하겠지만, 트로반은 날 수행하느라 특별반에 들어왔던 거야. 아마 너를 기다리고 있을 것 같네. 그쪽도 해야 할 변명이 있을 테니까 말이지."

즉각 뒤를 돌아보자, 저만치 말소리가 안 들릴 만한 거리에 청년도 충분히 몸을 숨길 만한 조각 기둥이 있었다.

갑자기 쿵쾅대기 시작한 심장을 어쩌지 못한 채, 엘은 갈팡질팡했다. 에피의 시선에 잡힌 채로, 돌아선 데레와 뒤편 기둥을 번갈아 가리켰다. 이거. 황자. 나, 친우, 된 것 같아. 근데 잠깐, 기다려 줄 수 있니? 금방 갈게. 저기. 금방 다 얘기해 줄게.

에피의 얼굴에 서서히 떠오른 미소와 짓궂은 눈빛이 허락을 내려 주었다. 엘은 나비처럼 날아갔다.

아발론

듀나

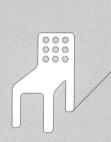

듀나

소설뿐 아니라 여러 분야에서 활발히 활동 중인 SF 작가로,
1996년부터 온라인 활동을 하면서 영화와 SF 관련 글을 써 왔다.
소설집『나비전쟁』『면세구역』『태평양 횡단 특급』『구부전』『아직은 신이 아니야』
『두 번째 유모』, 장편소설『민트의 세계』『아르카디아에도 나는 있었다』
『평형추』등을 펴냈다.
그 밖에도 재미있는 영화 클리셰 사전『여자 주인공만 모른다』
『남자 주인공에겐 없다』와『장르 세계를 떠도는 듀나의 탐사기』
『가능한 꿈의 공간들』등을 썼으며, 다양한 작품집에 참여했다.

……간신히 정신을 차린 이나니는 멧돼지 사체에 깔린 왼쪽 다리를 빼 냈다. 부러졌을까 봐 걱정이 되었지만, 아닌 것 같았다. 안도의 한숨을 내쉰 아이는 비틀거리면서 계단을 올랐다.

붉은 저녁 해가 교보빌딩 너머로 가라앉고 있었다. 이나니는 한때 아스팔트 위로 수많은 자동차가 오가는 도로였던 풀밭 위에 발을 디뎠 다. 수풀에 머리를 박고 무언가를 먹고 있던 타조 다섯 마리가 쑥 머리 를 내밀고 침입자를 노려보았다. 가방에서 아니나미 할머니가 옛날 사 진들을 바탕으로 그린 52장짜리 지도의 두 번째 페이지를……

여희는 타자를 멈추고 지금까지 쓴 원고를 읽으면서 문장들 이 만들어 내는 심상을 되씹었다. 멧돼지와 타조들이 방황하 는 옛 대도시의 폐허 이미지 일부는 아발론 요새에서 날린 드 론들이 찍은 정보에 바탕을 둔 것이었다. 단지 타조는 융통성 있는 상상력의 산물이었다. 멸망 이전 농장에서 살다가 탈출 한 타조들이 한반도를 떠돌고 있었지만, 서울과 같은 대도시에서 발견된 적은 없었다. 하지만 누가 알겠어? 그동안 모험심 강한 타조 무리가 새로운 세계를 탐험하기 시작했는지.

여희는 이나니의 모습을 상상했다. 분홍색 얼굴, 루비처럼 붉은 눈, 짧게 자른 하얀 머리칼. 백화점 창고에 버려진 21세기 옷을 입고 사냥칼과 군용 권총으로 무장한 열네 살 아이. 본문엔 외모에 관해 많이 언급하지 않았지만, 김유나를 닮았을 거라 생각했다. 그러니까 〈두 사람의 나라〉에 출연했을 당시 열네 살의 김유나. 당시 연예인들이 정말 예뻤지. 지금 사람들은 그런 아름다움을 즐길 여유가 없었다. 연예인은 과거의 직업이었다.

이나니라는 이름에는 자신이 있었다. 무색인 이름은 두 글자에서 다섯 글자 사이였다. 여자 이름은 대부분 모음으로 시작했고 ㄴ과 ㅁ을 자주 사용했다. 이나니라는 조합은 들어 본 적 없었지만 그래도 여희 귀에는 그럴싸하게 들렸다.

파일을 저장하고 하던 일로 돌아갔다. 겨울방학은 크리스마스 일주일 전에 시작했지만, 여희가 담당하는 학생 스물네 명은 여전히 바빴다. 특히 저번 학기에 기준점 미만의 점수를 받은 세 명은 담당 교사의 특별 관리를 받아야 했다. 아발론에서 무능력은 게으름만큼이나 감당할 수 없는 사치였다. 모든 시민은 유능하고 유용해야 했다. 아발론을 돌아가게 하는 인간 부품은 언제나 모자랐다.

여희가 이전에 쓰던 폭력적인 이야기들을 접고 이나니의 이야기를 쓰기 시작한 것도 어느 정도는 교사라는 직업 때문이었다. 이 일을 하면서부터 바깥 세계에서 다른 삶을 사는 아이들에 대한 상상이 터져 나왔다. 도시의 톱니바퀴가 아닌, 자기 삶을 스스로 개척하는 작은 영웅들. 이나니는 여희의 학생들이 갖고 있지 않은 모든 것의 총합이었다.

컴퓨터를 껐다. 20년 전부터 아발론에서 자체 생산하기 시작한 노트북이었다. 21세기 전자 제품처럼 날렵하지는 않지만 일하는 데엔 큰 문제가 없었고 무엇보다 튼튼했다. 23세기라면 뇌에 칩 같은 걸 박고 있을 줄 알았는데. 하긴 역사가 이렇게 풀릴 거라고 누가 예상했겠는가.

복도로 나온 여희는 창문 너머 도시를 바라보았다. 지하 도로로 연결된 수백 채의 건물들이 하얀빛을 발하고 있었다. 예전엔 대전이라고 불리던 도시의 폐허 옆 아발론은 밖에서 본다면 허허벌판 위에 납작하게 눌린 크리스마스트리처럼 보일 것이다. 한반도에서 유일하게 빛공해를 일으키는 곳. 도시 중심의 핵융합 발전소가 제공하는 에너지는 지나칠 정도로 넉넉했다. 모자라는 건 머릿수였다. 몇십 년 동안 아무리 노력해도 한반도 인구는 50만 명을 넘어가지 못했다. 지구 전체의 문명인들을 다 합쳐도 천만 명이 조금 넘었다.

다들 지구를 위해서는 잘된 일이라고 했다. 자연은 급속도로 회복되고 있었다. 비록 인류 멸망이라는 최종 목표에는 도달하지 못했지만, 전 세계에 묵시록 바이러스를 뿌린 종말론

자들이 살아 있었다면 지금의 풍경에 만족했을 것이다. 숲이 도시를 삼켰고 야생동물들이 돌아왔다. 심지어 시베리아에서 내려온 호랑이도 종종 목격되었다. 인간과 긴팔원숭이를 제외한 유인원이 모두 멸종한 건 아쉬운 일이었지만 부작용 없는 약은 없다.

"반 선생님?"

익숙한 목소리가 뒤에서 들렸다. 문화부의 최미주였다. 두 사람은 아발론에 단 하나 있는 아마추어 연극단 소속이었다. 여희는 연출자 두 명 중 하나였고 최미주는 배우였다. 그러니까 이곳에서 가장 연예인에 가까운 사람이었다.

"크리스마스이브인데 늦게까지 일하셨네요?"

잠시 말문이 막혔다. 사무실에서 무색소설을 쓰느라 근무시간 절반을 날렸다는 말은 하고 싶지 않았다. 이나니가 주인공인 소설들은 모두 건전하기 짝이 없었다. 하지만 같은 필명으로 나온 열일곱 권은 섹스와 폭력으로 범벅이 되어 있었다. 어쩔 수 없었다. 다른 식으로 무색소설을 쓰는 방법을 몰랐던 것이다. 모두가 그랬다.

"그쪽도 늦은 건 마찬가지네요."

여희가 대답했다.

"일이 많아요. 얼마 전에 전주에서 새 트럭이 왔어요."

아발론 문화부의 주 업무는 한반도의 문화유산을 수집해 보존하는 것이었다. 2세기가 지난 지금도 이 작업은 끝나지 않았다. 아발론에서 파견한 수많은 보물 사냥꾼들이 여전히 전국을 뒤지고 다녔고, 그와 함께 지하의 저장고도 점점 커져 갔다.

"문제가 좀 생겼어요. 보물 사냥꾼 몇몇이 고서를 수집할 때 무색인과 거래를 했대요. 그 때문에 영감이 지금 난리예요. 전 일 핑계 대고 달아났지요."

'영감'은 문화부 장관인 고영후였다. 59세이니 아발론에서 감투를 쓰고 있는 사람 중 가장 나이가 많았다. 대부분 공무원은 50대 중반이면 알아서 은퇴하고 인생을 마무리할 준비를 하지만, 장관은 책상 앞에서 죽을 각오가 되어 있었고 아무도 이 노인네를 막지 못했다. 여전히 건강해서 일흔 살까지 살지도 모른다는 말도 돌았다.

"무슨 거래요?"

"그걸 모르겠어요. 아무도 말을 안 해요. 영감이 길길이 뛰는 걸 보면 뭔가 심각한 것 같긴 한데."

"왜 그러는지 모르겠군요. 우리도 무색인들을 받아들일 때가 됐잖아요."

"영감 밑에서 몇 년 일하면 그런 말 안 나올걸요."

두 사람은 크리스마스트리 앞에 도착했다. 지하 광장 한가운데에 선 20미터 높이의 청동 거인이었다. 제도권 종교는 멸망과 함께 사라졌으므로 23세기의 트리에는 기독교를 상징하는 장식물이 없었다. 아발론에서 크리스마스는 무사히 1년을 마무리 지었음을 축하하는 비종교적 행사였다. 천장 스피커에서 흘러나오는 옛 캐럴들의 가사는 바뀌지 않았지만, 사람들은 신경 쓰지 않았다. 크리스마스트리 밑에 성가족상을 가져다 놓아도 그리스신화 캐릭터 이상의 의미를 읽지 못했을 것이다.

최미주가 창고로 떠난 뒤에도 여희는 크리스마스트리 앞에 남았다. 스피커에서 흘러나오는 주디 갈런드의 노래를 들으며, 영감이 노리는 보물을 움켜쥐고 거래를 제안했을 무색인들에 대해 생각했다. 이나니 소설에 나올 법한 이야기였다. 지금 쓰고 있는 이야기 후반에 넣어도 좋겠어. 아니나미 할머니의 지도로 찾은 보물을 움켜쥐고 자기를 야만인 취급하는 아발론 사람들에게 당당하게 거래를 요구하는 이나니. 멋지잖아. 이야기 막판까지 왔는데도 지도가 가리키는 목적지에 뭐가 있는지 몰라 골치 아프던 차였다. 그래, 고서로 하자. 하지만 아발론 사람들에게서 이나니가 얻을 수 있는 건 뭐지?

광장의 시계탑에서 조그만 인형들이 나와 망치로 종을 여덟 번 쳤다. 윤니는 친구들과 함께 5층 영화관에서 내털리 우드가 나오는 〈34번가의 기적〉을 본다고 했다. 예수나 신이 언급되지 않는 크리스마스 영화였다. 7시부터라고 했으니 40분 뒤엔 끝나겠다. 저녁을 준비할 시간은 충분했다.

10분 뒤, 여희는 집에 도착했다. 코트를 옷장에 넣고 부엌으로 갔다. 쿠키와 케이크는 이미 도착해 있었다. 돼지버섯 덮밥을 만들기 위해 쌀 펠릿이 든 그릇을 꺼냈다. 날이 날이니만큼 진짜 쌀을 쓸까 생각도 해 봤는데, 여희와 윤니는 모두 공장에서 나온 쌀 펠릿을 더 좋아했다. 더 맛있었고 종류도 다양했다.

쌀을 전기밥솥에 넣고 작동 버튼을 누른 여희의 손이 그대로 멎었다. 등 뒤에서 노리듯 바라보는 기척에 천천히 고개를 돌렸다. 오렌지색 의무노동복을 입은 작은 여자가 허수아비처럼 어색한 자세로 서 있었다.

"누구세요?"

차분히 물었다. 아발론에서 폭력 범죄는 드물었다. 지금까지 이런 일이 닥칠 거라고는 단 한 번도 생각해 본 적이 없었다. 하지만 지금 이 상황은 뭐지? 저 사람은 남의 집에서 뭐 하고 있는 거야?

"우나이아이 작가님인가요?"

어색한 억양, 동굴처럼 울리는 콘트랄토. 무색인이었다.

얼굴이 화끈거렸다. 무색소설은 오로지 전자 텍스트 형태로 아발론 안에서만 돌았다. 이게 유출되어 진짜 무색인들에게 넘어갈 거라고는 단 한 번도 생각해 본 적이 없었다. 그들이 읽으라고 쓴 게 아니었다.

돌아선 여희는 침입자를 관찰했다. 갈색 가발과 콘택트렌즈, 메이크업까지 그럴싸한 변장이었지만 완벽하지는 않았다. 길 가다 지나치는 사람들은 눈치채지 못하겠지만 지금처럼 가까운 거리에서 얼굴을 마주 보고 있을 때는 사정이 다르다.

무색인은 조악하게 만든 작은 종이책을 왼손에 들고 있었다. 손때 묻은 그 책은 첫 번째 이나니 소설인『지하 통로의 이나니』였다.

"그 책을 읽으셨나요?"

여희가 물었다.

"네. 좋았어요. 두 번째 책은 더 좋았어요."

무색인은 갑자기 책을 쑥 내밀며 말했다.

"혹시 사인해 주실 수 있나요?"

여희는 숨을 들이마셨다. 자기가 쓴 종이책에 사인하는 작가라니. 역사소설에나 나올 법한 순간이었다. 잠시 머뭇거리다 무색인이 내민 만년필을 받아 안쪽 표지에 '우나이아이'라고 썼다. 한 번도 손으로 쓴 적이 없는 이름이라 쓰다가 한 번 멈추고 철자를 확인해야 했다. 그것만으로는 부족한 것 같아서 밑에 '감사합니다'라고 썼는데, 아무래도 어울리지 않는 것 같았다.

돌려주기 전에 책을 훑어보았다. 프린터로 인쇄한 종이를 옛 한문책처럼 끈으로 묶은 모양이었다. 표지 그림은 손으로 직접 그린 것이었다. 두꺼운 표지에 그려진 여자아이의 얼굴은 김유나를 조금 닮은 거 같기도 했다.

무색인은 책을 받아 노동복 주머니에 넣었다. 그동안 여희의 머리는 핑핑 돌아갔다. 저 사람은 어떻게 내가 우나이아이라는 걸 알고 있지? 아발론에서 21교육유닛의 과학 교사인 반여희가 저 필명으로 무색소설을 쓰고 있다는 걸 아는 사람은 겨우 다섯 명. 모두 15년 전에 가입해 2년 정도 활동했던 무색 소설 동아리 회원들이었다. 이들 중 지금까지 소설을 쓰는 사람은 여희뿐이었다. 다들 일에 바쁘고…….

"그 책은 어디에서 났나요?"

여희가 물었다.

"그냥 생겼어요. 몇 년 동안 돌아다녔어요. 한 3년 됐어요."

『지하 통로의 이나니』가 나온 건 4년 전이다. 막 나온 무색 소설을 찍어 무색인들에게 넘기는 네트워크가 그 전부터 존재하고 있었다는 말일까.

"제가 우나이아이라는 건 어떻게 알았고요?"

"김자영 선생님이 말씀해 주셨어요."

찰칵. 모든 게 맞아떨어졌다. 문화부의 김자영. 자영은 다른 회원들과 대판 싸우고 동아리를 떠났고, 그 뒤로도 이런 소설들이 실제로 존재하는 무색인들을 착취할 뿐이라며 맹렬하게 비난하고 다녔다. 지금은 무색인 정책과 관련해서 가장 급진적인 무리에 속해 있다. 아발론 연구자 중 무색인 방언에 가장 능숙한 사람이었고 이나니 시리즈를 쓸 때 가장 도움이 되었던 것도 자영의 논문이었다. 아까 최미주가 언급했던 보물 사냥꾼 무리에 자영도 포함되어 있을까? 그럴 법도 했다.

"자영이가 요새로 들여보내 주었나요?"

끄덕끄덕.

"도대체 왜 오셨나요?"

"김자영 선생님이 말씀하셨어요. 지금 저희를 도와줄 사람은 우나이아이 선생님뿐이라고요."

그림이 그려졌다. 자영이 여희에게 품고 있던 악감정이 그동안 사라졌을 리가 없었다. 두 사람 모두 그렇게까지 정신적으로 성숙한 어른이 아니었다. 자영은 무색인에 대한 여희의 정치적 입장이 설거지물처럼 흐리멍덩하다는 것도 알았다. 사람들과 함께 있을 때면 적당히 급진적으로 들리는 말을 종종 내뱉지만 정작 무색인에 대한 급진적 정책이 채택되면 움찔할 부류였다. 그들은 요새 바깥에, 이나니가 살고 있는 상상 속 모험 세계에 있는 게 가장 좋다. 이런 여희의 생각을 너무나도 잘 알고 있는 사람이 바깥에서 숨겨 들인 무색인을 맡겼다? 이건 협박이었다. 자영은 여희가 이 요구를 거절할 수 없는, 가장 조종하기 쉬운 사람이라는 걸 알았다. 이 구렁이 백 마리 삶아 먹은 여우 같은 년.

팅 하는 소리가 들리고 전기밥솥이 꺼졌다. 여희는 알고 있는 모든 욕을 꺼내 속으로 잘근잘근 씹으며 돼지버섯을 요리하기 시작했고, 무색인은 등 뒤에서 최대한 방언을 섞지 않으려 노력하면서 지금까지의 사정을 설명했다.

여자의 이름은 자할이라고 했다.(여자 이름은 모음으로 시작한다는 규칙은 어떻게 된 거지? 게다가 ㄴ도 ㅁ도 없잖아.) 예전엔 전주, 익산, 군산으로 불리던 곳을 떠돌며 살았다. 어부였고 농부였다. 그리고 교사였다.(교사라는 단어를 발음할 때

멋쩍은 미소가 떠올랐다.) 지금은 군산에 있는 작은 마을에 학교를 세워 아이들을 가르치고 있다.

"최대한 책을 많이 모았어요."

자할이 말했다.

"옛날 책 수백 권. 절반은 아무 쓸모가 없었어요. 외국어 책이거나. 뜻을 이해할 수 없거나. 내용이 이해되는 몇몇 소설은 왜 썼는지도 모르겠더군요. 쓸 만한 건 백 권 정도였어요.

그 책들을 아이들과 함께 필사해서 수십 권으로 불렸어요. 하지만 아직 모자라요. 특히 과학책, 수학책요. 혼자 열심히 공부했지만 제가 배우고 가르치는 데엔 한계가 있어요. 전 아직도 미적분법이 이해가 안 가요. 아이들과 함께 연구하고 있지만 제대로 하고 있는지 모르겠어요.

마을에서는 저희가 요새 사람들을 흉내 내며 시간 낭비를 한다고 생각하지요. 다들 먹고살기 바쁘니까요. 하지만 저흰 멈출 수가 없어요. 언제까지 이렇게 살 수는 없잖아요. 다르게 살 수 있는 길이 있다는 걸 아는데요.

전주에서 김자영 선생님을 만났어요. 그분은 우리가 쓰는 말의 사전을 만든다고 하셨어요. 그분에게 저희가 모은 책들을 보여 주었어요. 저희가 읽을 수 없는 책 수십 권이 아주 중요한 보물이라고 하더군요. 그래서 저희가 제안을 했어요. 읽을 수 없는 책을 줄 테니 읽을 수 있는, 우리에게 필요한 책을 달라. 공정하지 않나요? 그게 그렇게 들어주기 어려운 부탁인지 몰랐어요. 여긴 책이 많잖아요."

"종이책은 없어요. 여긴 바깥보다 종이가 더 귀해요. 거의 만들지 않으니까요."

"그 때문만은 아니죠?"

맞다. 그 때문만은 아니었다. 아발론 요새 사람들은 무색인들을 혐오했다. 그들의 지능을 의심했고 그들을 둘러싼 폭력적인 소문을 두려워했다. 색소가 결핍된 외모 역시 이미지에 도움이 되지 않았다. 저들이 더 이상 늘어나지 않기를, 그게 어렵다면 될 수 있는 한 아발론에서 멀리 떨어진 곳에 살기를 바랐다. 첫 번째 바람은 단순하지만 효과적인 피임 기구의 제공으로 이어졌다. 수많은 무색인 여자들이 그 혜택을 보고 있었다. 하지만 아발론의 문명인들이 이들에게 주는 유일한 선물이 산아제한이라면 이는 그냥 인종차별적이었다.

그러는 와중에 무색인들을 주인공으로 한 콘텐츠가 태어났다. 틀에 박히고 안전한 삶을 사는 아발론 사람들이 모험과 폭력과 섹스의 갈망을 무색인들에게 투영한 것이다. 사람들은 무색인들의 기원에 대해서도 열광했다. 이들의 조상은 멸망 때 아발론 바깥에서 살아남은 5세에서 8세 사이의 아이들이었다. 그 아이들이 스스로 살아남아 어른이 되었고, 이들 사이에서 색소결핍증을 비롯해 여러 가지로 아발론 사람들과는 다른 특징을 가진 자손들이 태어났다. 이른바 무색인 문화가 시작된 초기 몇십 년을 배경으로 무색소설과 무색만화가 끊임없이 생산되었고, 여희도 그 시대를 배경으로 무색소설 다섯 편을 썼다. 지독하게 잔혹하고 선정적이라 여희 자신도 다시 읽을 생각이 없는 그런 이야기들이었다. 오로지 경계선 너머에서 망상하는 사람들만 쓸 수 있는 이야기.

자할은 주머니에서 가장자리가 노랗게 변한 낡은 종잇조각을 꺼내 펼쳤다. 김자영의 지시 사항이 꼼꼼하게 적혀 있었다. 2,000자가 넘는 글을 연필로 직접 쓰면서 킬킬거리는 옛 친구의 모습이 상상됐다. 얼마나 재미있었을까.

읽어 보니 왜 여희를 골랐는지 이해가 갔다. 자영의 계획은 꼼꼼하게 고른 스무 권의 책을 인쇄해 자할에게 넘겨주는 것이었다. 하지만 인쇄용 종이는 귀했고 허가증 없이는 쓸 수 없었다. 프린터를 사용하는 데에도 따로 허가증이 필요했다. 매년 갱신되는 이 허가증들을 모두 가진 부류는 얼마 되지 않았는데, 교사도 거기 속했다. 단지 사용 시에는 항상 이름이 남았고, 발각되면 나중에 귀찮아질 게 뻔했다. 오래전에 싸우고 갈라진 옛 친구를 애매하게 괴롭힐 수 있는 애매한 위험이었다. 너무 적절한 도발이라 화가 났다.

초인종이 울렸다. 겁에 질린 자할은 소파 뒤로 몸을 숨겼다. 여희는 문을 열었다. 윤니, 그리고 같이 영화를 보러 간 이웃집 예린이와 예린이 엄마였다. 윤니가 호들갑을 떨면서 두 사람에게 인사한 뒤 문이 닫혔다. 산타클로스와 크리스마스의 기적에 대해 신나게 이야기하려던 아이는 소파 뒤에서 머리를 내민 손님을 발견하고 주춤했다. 여희는 다른 구역에서 찾아온 옛 친구라는 거짓말을 만들어 내느라 잠시 애를 먹었다.

세 사람은 같이 저녁을 먹었다. 자할은 쌀 펠릿의 감촉과 맛이 낯선지 신기하다는 표정을 지었고 눈치 빠른 윤니는 그 순간을 놓치지 않았다. 걱정했지만 아이는 별말이 없었다. 윤니는 쿠키와 케이크를 먹은 다음 세수를 하고 이를 닦고 자기 방에 들어갔고, 거실에는 다시 두 사람만 남았다.

"11시까지는 학교 프린터를 쓸 수 있어요."

여희가 말했다.

"서둘러야 해요. 하지만 그걸 다 들고 갈 수 있나요? 종이책에 대해서는 잘 모르지만 스무 권이면 부피가 상당할 텐데?"

"김자영 선생님과 이미 계산해 봤어요. 작은 글씨로 조그맣게 만들 거예요. 선생님은 삼중당 문고 사이즈라고 했어요. 그게 무슨 뜻인지 아세요?"

몰랐다. 옛날 종이책을 먹고 사는 문화부 책벌레들만 이해할 수 있는 은어겠지.

두 사람은 아파트를 나섰다. 장비실까지는 2킬로미터 정도 되었다. 사람들 눈에 뜨이지 않는 한산한 길로 돌아가면 그보다 1킬로미터를 더 걸어야 했지만, 여희는 두 번째 길을 택했다. 안전한 게 최고였다.

걸으면서 여희는 가끔 자할을 훔쳐보았다. 신기한 듯 두리번거리며 꾸준히 입을 놀리고 있었다. 소리는 들리지 않았지만, 리듬이 느껴졌다. 저런 식으로 오늘 일어난 일을 기억하는 거구나. 끊임없이 이어지는 정형시를 만들면서. 이나니도 2권인『부천의 이나니』에서 그랬다. 소문으로는 들었지만, 진짜 무색인이 옆에서 그러고 있으니 신기했다.

"제 이야기는 그럴싸한가요?"

여희가 물었다.

"저희가 '이나니' 소설에서처럼 사느냐고요?"

"네."

"그럴 리가 있나요."

"역시 그렇군요."

"하지만 저희가 다 아는 내용이면 굳이 책으로 읽을 필요가 있을까요? 거꾸로 '이나니' 소설을 읽은 아이들이 책을 많이 따라 해요. 울루아니 노래 대결에 나오는 신조어도 유행하기 시작했어요. 결투 춤도요."

없던 걸 만든 게 아니었다. 김자영의 논문을 읽고 최대한 그럴싸하게 재조합한 말들이었다. 그게 이상한 신조어가 되어 다시 무색인 아이들에게 받아들여졌고 진짜가 됐다. 결투 춤도 마찬가지였다. 분명 몇몇 문화부 직원들이 목포에 사는 무색인들의 결투 춤을 기록했고 여희는 이를 충실하게 옮겼을 뿐이다. 이걸 성공이라고 해야 하나.

장비실에 도착한 여희는 신분증으로 문을 열고 안으로 들어갔다. 난방이 되지 않아 추웠고 먼지투성이였다. 누군가 의무

노동 시간에 땡땡이를 치고 놀았던 거지. 하긴 일주일에 한 번 정도 열리는 곳이니 그렇게 꾸준히 청소해 줄 필요는 없었을 것이다.

여희는 허가증으로 프린터를 켰다. 종이가 충분한지 확인하고 지영이 적어 준 사이즈와 책 제목들을 입력했다. 손바닥만 한 작은 종이가 작은 글자들을 입고 한 장씩 튀어나왔다. 독서기를 켜면 언제든 꺼내 읽을 수 있는 책들, 지금까지 단 한 번도 소중하다고 느껴 본 적 없는 책들이었다.

종이가 다 내려오자, 자할은 주머니에서 얇은 천으로 만든 작은 주머니를 꺼내 펼쳐 백팩을 만들었다. 종이들을 쑤셔 넣으니 백팩은 팽팽해졌다. 장비실에서 나오자 자할은 여희에게 고개를 꾸벅 숙여 인사를 하고 맞은편 복도를 향해 뛰어갔다.

크리스마스 아침, 여희는 최악을 각오하며 독서기로 조간신문을 열었다. 문화부 내부의 갈등에 관해서는 구체적인 내용이 빠진 채로 두 페이지짜리 기사가 실려 있었지만, 무색인 침입자 뉴스는 없었다. 워낙 사건이랄 게 없어서 온갖 시시콜콜한 이야기를 다 찾아 올리는 신문기자들이 이렇게 조용하다는 건 그들이 그 일에 대해 진짜 모른다는 뜻이었다. 김자영과 동료들이 아주 치밀하게 일을 꾸미고 있다는 뜻이기도 했다.

아침 식사 후, 윤니와 함께 스케이트장에 갔다. 코코아를 마시며 놀이방 친구들과 함께 얼음 위를 빙빙 도는 딸을 바라보던 여희는 이나니의 다음 행보를 생각했다. 운 나쁘게 주인공을 만나 목숨을 잃은 멧돼지와 앞으로 이나니와 어떻게 엮일지 알 수 없는 타조들에 대해 생각했다. 머리를 쥐어짰지만, 이야기는 이어지지 않았다. 지금까지 김유나를 닮았던 이나니의 얼굴이 자할의 얼굴과 겹쳐졌고 독백을 떠올리면 자할의 낮은 목소리가 들렸다. 이런 식으로는 이야기를 쓸 수 없었다.

의무노동복을 입은 키 큰 여자가 아무 예고도 없이 여희의 맞은편에 턱 하니 앉았다. 자영이었다. 못 본 사이에 살이 많이 빠졌고 피곤해 보였다.

"죽여 버리겠어."

여희가 말했다.

"그러시든가."

들고 있던 청소기를 의자 등받이에 걸치며 자영이 대답했다.

"너한텐 이 모든 게 장난이지?"

"누가 할 소리를. 네가 장난으로 만들던 이야기 속 주인공을 직접 만나니 기분이 어때? 우나이아이라면 감동했을 거야. 적어도 '이나니' 시리즈를 쓴 우나이아이라면 말이지. 『사탄의 축제』를 쓴 우나이아이는 아닐지도 모르겠지만."

"도대체 나한테 왜 이러는 거야?"

"뭐가? 그래 봐야 네가 잃을 게 뭐가 있어? 기껏해야 인기 있는 무색소설 작가라는 게 들통날 뿐이지. 게다가 네 최근작은 좋아. 심지어 무색인들도 좋아한다고. 어린이 학대물을 쓰던 네가 그동안 얼마나 발전했는지 봐."

"내 책도 네가 만들어 내보낸 거야?"

"아니, 그쪽은 네트워크가 따로 있어. 자기 책을 무색인들에게 읽히고 싶어 하는 작가들과 그들을 따르는 독자들이 있지. 그런 사람들이 모여 선집 형태로 종이책을 만들어 방출했어. 세 번 정도 그랬던 거 같아. 그러다 일이 터졌지만."

"무슨 일?"

"일 년 전에 보물 사냥하러 나갔다가 무색인들에게 살해당한 문화부 직원 기억해? 그중 한 명이었어. 자기가 재미있게 읽은 소설이 무색인들에게 얼마나 모욕적일 수 있는지 몰랐던 거지. 자기 망상을 너무 진지하게 여기면 그렇게 돼.

그에 비하면 너는 운이 좋아. 적당히 빠질 때를 알았고, 어쩌다 보니 무색인들도 좋아할 만한 이야기를 쓰고 있지. 자할도 좋은 사람이야. 좋은 정도를 넘어 위대한 사람일 수도 있어. 그 사람이 너를 좋아해. 정확히 말하면 이나니와 우나이아이를 좋아하는 거지만. 너, 알아? 무색소설을 쓰는 무색인 아이들이 생겨나고 있어. 너를 흉내 내는 거야. 너에겐 악몽이겠지. 더 이상 네 망상이 망상으로 머물지 않게 되었으니 말이야. 곧 아발론의 무색소설 작가들은 이 장르에서 통제권을 잃게 될 거야. 당사자들이 글을 쓰고 있다고."

자영은 등받이에 몸을 기대고 심술궂은 미소를 지었다.

"언제까지 이렇게 살 수는 없어. 무색인들은 우리보다 멸망이후의 세계에 더 잘 적응하고 있어. 한반도에 사는 무색인만 벌써 백만을 넘어섰어. 없는 척 무시할 수도, 적대시할 수도 없어. 우린 결국 어울리며 살아야 하고 그 방법을 찾아야 해."

"네 말대로 그 사람들은 자기들 방식대로 잘 적응해서 살고 있어. 굳이 간섭할 이유가 뭐지?"

"너로선 이 상태가 딱 좋겠지. 우리 세계를 파괴하지 않으면서 네 판타지를 만족시킬 수 있으니까. 하지만 그건 고통과 어리석음의 반복일 뿐이야. 인간은 어느 단계까지는 자연을 파괴하는 병적인 존재야. 농업, 어업, 목축업 모두 자연 파괴 행위지. 우리가 인간인 이상 자연과 조화를 이루는 삶은 망상이야. 지금 우리는 그 단계를 넘어서고 있고 저들도 동참해야 해. 하지만 우리에게 일방적으로 흡수되는 방식은 곤란하지. 고영후 같은 영감들이 맞서고 있어서 그게 쉽지도 않을 거고.

자할과 같은 사람들은 두 세계를 잇는 다리가 되어 줄 거야. 우리에겐 더 많은 자할이 필요해. 너 같은 사람들이 저들을 돕는 건 역사적 의무라고."

"그런 의무 따위는 없어. 네가 그런 걸 나에게 떠넘겨도 되는 이유는 없다고."

"이제 생겼어. 너도 알 거야. 네가 싫더라도 '이나니' 시리즈를 쓴 우나이아이는 생각이 다를 거라는 걸. 그리고 너와 우나이아이의 생각이 다르다면 누구의 생각이 옳을까? 간단한 숙제를 줄게. 저들에겐 더 많은 과학 교사들이 필요해. 네가 도움이 될 방법을 생각해 봐."

청소기를 집어 든 자영은 올 때처럼 인사도 없이 갑자기 자리를 떠났다. 여희는 머리를 감싸 안고 이 딜레마를 해결할 방법을 찾았지만 답이 나오지 않았다. 자영의 마수에서 빠져나올 방법도 없었지만 우나이아이에 관한 지적도 맞았다. 반여희와 지금의 우나이아이 중 옳은 건 우나이아이일 수밖에 없었다. 무엇보다 여희는, 아니, 우나이아이는 독자를 실망시킬 수 없었다. 그 독자가 난생처음 얼굴을 본 '이나니' 팬이라면 더더욱.

여희는 생각을 접고 스케이트를 타는 아이들을 바라보며 다시 이나니의 세계로 돌아갔다. 아직은 미적분을 배울 필요도 없고 여희 같은 사람들의 평가도 필요 없는 이나니는 이야기가 끊어진 지점에서 타조들의 시선을 받으며 지도를 읽고 있었다.

타조들이 후닥닥 달아났다. 아무래도 당장은 타조로 이야기를 끌어갈 수 없었다. 대신 다른 걸 등장시키자. 호랑이, 맞아. 호랑이가 낫겠지. 타조를 사냥하려고 종각 근처에 숨어 있던 호랑이가 뛰어나오는 거야. 이나니가 이 상황에서 살아남으려면 어떻게 해야 할까? 호랑이를 죽일 수는 없어. 살생은 하루에 한 번으로 충분해. 하지만 다른 방법이 있을까? 이 끊어진 이야기를 이어 갈 해결책이?

'방법이 있겠지. 급하지 않아.'

여희는 생각했다.

과학상자 사건의 진상

이산화

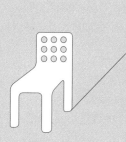

이산화

SF 작가. 중학생 때 소설가가 꿈이었던 친구를 따라 처음으로 글을 쓰기 시작했다.
장편소설 『오류가 발생했습니다』와 『밀수 ─ 리스트 컨선』 및
단편집 『증명된 사실』을 냈고, 그 밖에도 앤솔러지와 잡지 등 여러 지면에
다수의 작품을 발표했다.
2018년과 2020년에 SF어워드 중·단편소설 부문 우수상을 수상했다.
이상한 이야기와 새콤달콤한 디저트를 좋아한다.

초등학교 시절의 과학실 모습이 어땠는지 기억을 더듬어 보면, 입구 맞은편 선반 위에 전시해 놓은 큼지막한 과학상자 공작품이 가장 먼저 떠오른다. 처음 과학실에 발을 들인 순간 누구라도 대번에 마음을 빼앗길 만큼 근사한 작품이었다. 길쭉한 노란색 철판 여러 개를 구부려서 만든 몸체는 지구본을 반으로 갈라놓은 모양새이고, 그 안에는 온갖 톱니바퀴와 체인이며 막대기에 도르래가 눈이 빙빙 돌 만큼 복잡하게 얽혀 있으며, 맨 꼭대기에는 페트병을 잘라 만든 화려한 위성 안테나까지. 앞판에 스티커로 붙여 놓은 '화성탐사거북선 태극호'라는 제목마저 어쩐지 찬란한 미래 풍경을 그려 보게 만드는 구석이 있었다. 예나 지금이나 과학에 전혀 흥미가 없던 나조차도 황량한 화성 표면을 질주하는 '태극호'의 모습을 이따금씩 상상하곤 했을 정도로.

하지만 정말로 내 흥미를 끈 것은 그 크기나 근사함 자체보다도, 그렇게 크고 근사한 작품에 대해 알 수 있는 게 고작 제목 하나뿐이라는 사실이었다. 원래는 몇 학년 몇 반의 누가 몇 년도에 만들었다는 내용도 함께 적혀 있었을 스티커는 이미 글씨 대부분이 흐릿하게 지워진 채였다. 안테나 위에 쌓인 먼지 두께를 보면 오랫동안 방치된 물건은 분명했지만, 정확히 언제부터 저곳에 놓여 있었는지는 과학 선생님도 전혀 아는 바가 없었다. 기껏해야 '스티커를 붙여서 전시해 둔 걸 보면 옛날에 과학상자 만들기 대회, 어쩌면 도 대회나 전국 대회에서 상을 탄 작품이 아니겠냐'는 흐리멍덩한 추측뿐이었다.

이보다 더 자세한 추측은 초등학교 4학년이 되어서야 비로소 들을 수 있었다. 실험 시간에 어쩌다가 내 뒷자리에 앉게 된, 과학상자로 시 대회까지 나갔다가 아깝게 우수상에 그쳤다는 우리 반 과학 에이스가 수업 내내 소곤소곤 들려준 이야기였다. 녀석의 말에 따르면 '태극호'가 옛날 과학상자 대회 수상작일 거라는 과학 선생님의 추측에는 충분히 신빙성이 있었다. 적어도 2006년이나 혹은 그 이전에 만든 작품이 틀림없었으니까. 덧붙여서 아주 비싼 물건이기도 했고.

"저기 긴 철판 부품 보이지? 저게 제일 비싼 6호 상자에만 두 개 들어 있거든. 근데 봐 봐. 하나, 둘, 셋, …… 여덟 개나 썼잖아. 학원에서 그랬는데, 2006년까지는 저렇게 비싼 부품 많이 써서 최대한 크고 복잡하게 만들면 우승이었대. 요새는 대회장에서 과제 내 주면 맞춰서 바로 조립해야 하니까 저렇게 만들 시간도 없어. 쓸데없는 움직임 들어가면 그것도 다 감점이고."

"그래도 움직이는 거 한번 보고는 싶다. 멋있을 거 아냐."

"내 생각엔 저거 안 움직일 거 같은데? 탐사선이라면서 밑에 바퀴도 없고, 그리고 과학상자 기본 모터는 힘이 달리거든. 내가 해 봐서 아는데, 저렇게 마구잡이로 붙여 놓으면 제대로 돌아가지도 않아."

과연 과학 에이스답다고 할까, 당시까지 들은 것 중에서 가장 명쾌하고 말이 되는 설명이었다. 동시에 참으로 실망스러운 설명이기도 했다. 저렇게나 멋들어지게 만들어 놓았는데, 화성 표면을 질주하기는커녕 제대로 작동하지도 않을 거라니. 그날 수업을 기점으로 '태극호'에 대한 내 흥미는 빠르게 식어 버리고 말았다. 수수께끼는 여전히 남아 있었지만 글쎄, 누가 만들었든 버리기는 좀 아까우니 적당히 방치해 둔 게 아닐까?

신도시 끄트머리에 지어진 지 십 년이 조금 더 넘은 초등학교 곳곳에는 그렇게 방치된 것들이 적잖이 있었다. 중앙 현관 벽에 몇 년째 걸려 있는 불조심 포스터, 교무실 옆 진열장에 늘어놓은 아무도 신경 쓰지 않는 트로피들, 교장의 보물지도라는 소문이 잠깐 돌았던 1층 복도 끄트머리의 낡은 지도 액자. 과학실 선반 위에서 움직이는 일 없이 먼지를 뒤집어쓰고 있는 화성 탐사선 모형도 그것들과 다를 바 없었다. 더 이상 눈길을 줄 이유도, 상상의 나래를 펼칠 여지도 물론 없으리라고 나는 어른스럽게 결론지었다.

그랬는데, 결론까지 깔끔하게 다 냈는데, 설마 그런 걸 보게 될 줄이야.

초등학교 6학년의 마지막 학기가 시작된 지 얼마 지나지 않았을 무렵이었고, 방과 후 활동이 끝난 뒤 2반 반장으로서 선생님을 도와 짐을 정리하느라 평소보다 좀 늦게 교실을 나선 날이었다. 방금 전까지만 해도 떠들썩했던 학교는 어느새 깜짝 놀랄 정도로 조용해져 있었다. 한층 더 서두르는 내 발소리만이 그늘진 복도에 타닥타닥 외로이 울려 퍼졌다. 그리고…… 그 한복판에서 무슨 영문인지 과학실만 환하게 불을 밝히고 있었다. 오늘 저기서 뭐 하는 날인가? 우리도 꽤 늦게 끝났는데 설마 더 늦게까지 하는 활동이 있나? 궁금증이 들어 창문을 슬쩍 들여다보니, 예상과 달리 그곳에는 딱 한 사람만 가만히 서 있었다. 아는 애였다. 이름이 어렴풋이 기억나는데 아마 다윤이, 아니, 다연이였을 거다.

"다연아, 혼자 뭐 하고 있어?"

궁금증과 걱정을 반반씩 담아 그렇게 물으며 문을 열어젖히자마자, 아무래도 심상찮은 일이 벌어졌다는 직감이 불현듯 머릿속을 때리고 지나갔다. 시야에 들어온 과학실의 모습이 이상하리만치 밝았으니까. 단순히 형광등 불빛 때문에 그런 게 아니라, 훨씬 희고 투명하고 날카로운 광선 같은 게 온 과학실 안을 그림자 하나 없이 꽉 메우고 있는 것만 같았다. 그렇게나 환한 빛줄기 속 광경은 심지어 지나치게 정적이기까지 했다. 내가 문을 열고 들어오며 이름까지 불렀는데도 다연이는 미동조차 없이 뻣뻣하게 서 있을 뿐이었다. 과학실 선반 위에 방치된 '태극호'를 말없이 올려다보면서. 수수께끼의 광선은 그곳으로부터, 덜컥덜컥 톱니바퀴 돌아가는 소리와 함께 소나기처럼 쏟아져 내리고 있었다.

아주 잠깐 동안은 경이감과 흥분이 내 가슴속에 가득 차올랐다. 뭐야, 잘만 움직이네! 모터 힘이 부족해서 작동 안 할 거라더니! 한편으로는 움직임을 더 자세히 보려고 아무리 눈을 가늘게 떠도 강렬한 빛을 막을 수 없어 조금 감질나기도 했다. 하지만 얼마 지나지 않아 그 모든 감정은, 아무리 기억을 더듬어 봐도 '태극호'에 전구는 달려 있지 않았다는 깨달음과 함께, 순수하고 짙은 공포로 바뀌어 갔다. 내가 얼마나 기이한 광경을 보고 있는 것인지 그제야 비로소 알 수 있었다. 움직일 리 없는 기계와 존재할 리 없는 빛으로부터 황급히 시선을 내리니 여전히 뻣뻣하게 굳은 듯 제자리에 붙박인 다연이가 보였다. 한껏 겁에 질린 채 다연이에게 조금씩 다가가는 동안 광선은 점점 더 강렬해졌고, 덜컥덜컥 돌아가던 톱니바퀴는 어느덧 일정한 리듬으로 삐걱거리며 꼭 아기 울음 같은 소리를 내기 시작했다. 떨리는 손으로 다연이의 어깨를 붙들려는 찰나 그 애가 나를 돌아보는가 싶더니…… 모든 것이 일시에 사라졌다.

빛도. 소리도. 그리고 다연이도.

어느새 나는 불 꺼진 과학실 한가운데에 홀로 주저앉아 있었다.

그날 이후로 다시는 다연이를 만날 수 없었다. 다연이에 관한 이야기, 하다못해 다연이라는 이름조차 어디서도 듣지 못했다. 마치 학교의 모든 애들과 선생님들이, 온 세상이 다연이의 존재를 하룻밤 새 까맣게 잊어버리기라도 한 것처럼. 그런 상황에서 내가 지금 생각해도 깜짝 놀랄 정도로 침착하게 계속 학교를 다녔던 건 단순히 이상한 애 취급을 받기 싫어서는 아니었다. 나조차도 그 애가 몇 반이었는지, 키는 얼마만큼이었고 목소리는 어떠했는지, 하다못해 성이 뭐였는지조차 떠올릴 수 없었기 때문이었다. 어렴풋한 기억 속 풍경에 의지해 찾아간 다연이네 집에는 전혀 엉뚱한 가족이 살고 있었다. 집이 어디인지 알 정도라면 내 기억보다 훨씬 친했던 걸지도 모르는데.

하지만 달리 생각해 보면 그냥 내가 착각한 걸지도, 어느 날밤의 유난히 긴 꿈을 현실과 헷갈린 걸지도 모르는 일이었다. 그도 그럴 것이 다연이라는 애가 존재했다는 증거는 어디에도 없으니까. 그날 과학실에서 수수께끼 같은 일이 일어났다는 증거도 없고, '태극호'에도 역시 전구 같은 건 달려 있지 않았으니까. 결국 초등학교를 졸업하는 그날까지 남은 것이라곤 어딘지 꺼림칙한 기분, 그리고 찬란한 빛 속에서 누군가의 어깨가 손바닥에 살짝 닿았던 듯한 지극히 덧없는 감촉뿐이었다.

*

그리고 그런 불분명한 느낌 같은 건 얼마 지나지 않아 인생에 찾아온 중대한 사건 속에서 이내 흐지부지 희미해지고 말았다. 마침내 나도 중학교에 가게 된 것이다. 그것도 하필 그 즈음 어머니의 회사 일로 온 가족이 이사를 하는 바람에, 내가 졸업한 초등학교와는 한참 떨어진 동네의 낯설기 그지없는 중학교에. 어색한 교복, 새로 산 책가방, 작은 기대와 크나큰 불안을 짊어진 채로 나는 중학교 1학년의 기념비적인 첫 학기를 시작해야 했다. 새로 같은 반이 된 애들은 태반이 같은 초등학교 출신이라 자기들끼리만 진즉에 친해진 모양새였고, 그 변두리에 외따로 떨어진 것만 같은 싱숭생숭한 기분 속에서 일이 주가 흔들흔들 지나갔다.

이렇게든 저렇게든 학교생활을 하다 보면 언젠가는 과학실에도 발을 들이게 되는 법. 아마도 1학기 네 번째 아니면 다섯 번째 과학 시간에 처음 들어가 보았을 중학교 과학실은 초등학교 때와 별반 다르지 않은 장소였다. 널찍한 책상이 여러 개 있고, 과학과 관련된 이런저런 포스터가 붙어 있고, 한쪽 벽면에는 실험 기구나 표본 등등이 보관된 선반이 있고. 무심코 올려다본 선반 위에는 상자 몇 개만 덜렁 놓여 있었다. 나도 참, 도대체 뭘 기대한 건지. 무심코 헛웃음을 흘리면서 맨 뒷자리로 걸음을 옮기려던 바로 그때였다. 막 과학실에 들어섰을 때에는 보이지 않던 곳, 뒤편의 나지막한 캐비닛 위에 줄지어 진열된 과학상자 공작품 네댓 개가 비로소 눈에 들어왔다. 비행기, 로봇, 토끼 아니면 거미인 것 같은 무언가…… 그리고 이상하리만치 낯익은 모습을 한 구조물도.

진짜 비슷하네, 보자마자 처음 든 생각이었다. 기억 속 '태극호'와 꼭 닮은, 지구본을 반으로 뚝 잘라 꼭대기에 안테나를 달아 둔 실루엣이 과학실 한쪽 구석에 떡하니 자리를 잡고 있었다. 놀란 가슴을 진정시키며 찬찬히 뜯어보니 과연 완전히 똑같지는 않았다. 페트병 대신 은박지를 두른 종이로 안테나를 만들었고, 겉 부분의 뼈대 틈새에 얇은 플라스틱 부품을 덧대어 놓았으며, 무엇보다 왼쪽 절반 정도가 통째로 미완성이었으니까. 하지만 그런 차이점들을 감안하더라도 여전히 문제의 공작물은 '태극호'와 놀랍도록 닮아 보였다. 도대체 어떻게 된 일이람. 학교도 다르고 지역도 다른데 이렇게나 똑같이 생겼다니. 누가 만드는 걸까, 도대체 왜 만드는 걸까. 초등학교 시절에 끝내 풀지 못한 수수께끼가 나를 따라 이 중학교에 입학하기라도 한 걸까.

아, 차이점이 하나 더 있었다. 이 작품에는 아무래도 '화성 탐사거북선 태극호' 같은 웅장한 제목은 달지 않은 모양이었다. 앞판에는 스티커 대신 흰 종이에 사인펜으로 대충 휘갈겨 쓴 경고문 한 장만이 팔랑거리며 붙어 있었다. "손대지 말 것 / 메카트로닉스부", 그렇게 적힌 경고문은 딱히 미래 풍경을 상상하게 만들지는 않았지만 적어도 분명한 이정표는 되어 주었다. 수수께끼를 풀려거든 언제 어디서 누굴 찾아야 하는지 똑똑히 가리켜 주는 이정표. 마침 그 주 목요일에는 신입생을 위한 동아리 체험 시간이 마련되어 있었다. 내 목적지는 이미 정해진 셈이었다.

*

"혹시 초등학교 때 이런 활동 해 본 적 있니?"

"어, 그게, 과학상자에 관심은 계속 있었거든요."

메카트로닉스부 담당 선생님의 질문을 애매모호한 대답으로 회피하며, 나는 선생님 어깨 너머로 동아리 활동 중인 과학실 풍경을 계속 힐끔거렸다. 책상마다 두세 명씩 앉아서 공작물 하나를 두고 이것저것 붙이거나, 떼거나, 아니면 노트북 키보드를 열심히 두드리거나 하는 모습들. 설명을 듣자 하니 이 동아리에서는 대회에 나가는 것과 별개로 조를 짜서 자유롭게 자기 작품을 만들고, 학기 끝날 때 성과물을 발표하면서 따로 작게 시상식도 하고 그런다는 모양이었다. 선생님은 혹시 과학고나 영재고에 가고 싶다면 '메카트로닉스' 실적이 도움이 많이 될 거라는 말도 빼놓지 않았다.

"원래 과학탐구대회에 기계공학 부문이라고 해서 과학상자 가지고 겨루는 게 있었다가 최근에 빠졌거든. 근데 그게 완전히 없어진 게 아니라, 과학상자에 코딩까지 합쳐서 메카트로 닉스로 바뀐 거야. 그러면서 고등부 대회까지 생겼으니까 혹시 진로를 이쪽으로 생각하고 있다면……."

프로그래머나 로봇 과학자가 되고 싶단 생각은 해 본 적도 없었다. 과학상자든 메카트로닉스든 뭐든, 어차피 관심이 있는 기계는 딱 하나였으니까. 선배들이 뭐 만들고 있는지 구경하고 질문도 하고 그러라는 선생님 말씀이 떨어지기가 무섭게, 나는 아까부터 점찍어 둔 책상을 향해 쏜살같이 달려갔다. '태극호'와 이상할 정도로 닮은 문제의 공작물이 한창 만들어지는 곳이었다. 다른 책상과는 달리 노란 명찰을 단 3학년 선배 하나만 앉아 있는 곳이기도 했고. 내가 바로 옆에서 부산스럽게 기웃거리는 동안 그 선배는 내가 보이지도 않는 듯이 노트북을 들여다보다가, 드라이버를 들고 나사를 열심히 조였다가, 기껏 조인 나사를 죄다 풀어 버리기를 반복하고 있었다.

좋아, 긴장되지만 이럴 땐 과감하게 나가야지.

"저기, 선배? 이게 뭔지 물어봐도 돼요?"

"과학상자."

그 한 마디만 툭 던지고서 선배는 다시 입을 딱 다물어 버렸다. 시선은 여전히 노트북에 똑바로 고정한 채였다. 노트북 화면에는 설계도 비슷한 이미지 한 장이 떠 있었고, 선배의 손가락은 마우스를 바삐 움직이며 이미지를 이래저래 확대해 보는데에 여념이 없었다. 그러다가 내가 아직도 곁에서 알짱거리고 있다는 사실을 마침내 깨달았는지, 낮고 조용하고 감정이라곤 실리지 않은 목소리가 다시 한번 내게로 휙 날아왔다.

"다른 데 가서 구경해. 이건 봐도 도움 안 돼."

그러고는 또 노트북을 보고, 또 드라이버를 들고. 이쯤 되니 긴장되기는커녕 오히려 심술이 치밀어 오를 지경이었다. 시대가 어느 시댄데, 신입생이 이렇게 와서 흥미를 보이면 선배가 좀 친절하게 가르쳐 줘야 되지 않나? 더군다나 나한테는 꼭 풀고 싶은 수수께끼도 있거든요? 그런 짜증을 한껏 담아서 이번에는 한층 더 과감하게 나가 보기로 했다.

"근데 이거 좀 표절 같다."

'표절'이라는 말이 나오기가 무섭게 선배가 이쪽으로 고개를 휙 돌렸다. 그 기세에 놀라 주춤주춤 물러서니 그제야 노란 명찰에 적힌 이름이 똑똑히 보였다. 백수빈. 수빈 선배구나.

"어디가 표절 같은데?"

나를 똑바로 쳐다보며 묻는 목소리는 여전히 낮고 조용했지만, 조금 전과는 달리 그 속엔 확실히 감정이 담겨 있었다. 분노든, 다른 무엇이든 간에.

"어, 그게요, 저 다니던 초등학교에도 이거랑 완전 똑같이 생긴 거 있었거든요. 무슨 대회 수상작인가 그랬던 것 같은데, 혹시 같은 거 보고 만드신 건가 해서. 아니면 그, 그러니까, 제가 죄송하고요."

말하다 보니 너무 과감했나 싶은 생각이 치고 올라오는 바람에 끝마무리가 영 어설펐다. 막 화내고 그러면 어쩌지? 가뜩이나 이사 와서 친구도 없는데, 학기 초에 3학년 선배한테 찍히기까지 하면 학교생활 완전히 꼬이는 거 아냐? 깜박임 없는 눈빛이 내 얼굴을 뚫어지게 쳐다보는 동안 걱정은 끝없이 가지를 치며 뻗어 나갔다. 그렇게 십 초쯤 흘렀을까, 수빈 선배는 화를 내는 대신 놀랍게도 옆자리 의자를 끌어내더니 앉으라는 손짓을 했다. 그러고서는 어색하게 의자에 엉덩이를 붙인 내 곁에서 작게 한숨을 쉬더니 웬 뜻 모를 소리로 입을 열었다.

"초등학교에도 있을 줄이야. 하긴, 그맘때라도 필요한 애들은 있겠지."

"네, 네? 뭐가 필요한데요?"

"이거 말이야. 신기동력. 구세주 기계."

무슨 기계라고? 농담하는 건가 싶었는데, 책상에 놓인 공작물을 가리키는 수빈 선배의 얼굴에선 농담기라곤 조금도 찾아볼 수 없었다. 그러니 전혀 예상치 못한 단어 앞에서 나는 더더욱 어리둥절할 수밖에. 오랜 수수께끼가 풀리기는커녕 이제는 머릿속이 완전히 뒤죽박죽이었다. 내 얼굴에 떠오른 당혹감을 읽었는지 선배는, 도로 노트북 쪽으로 시선을 돌리기 직전에, 아주 짧게 덧붙였다.

"방과 후에 시간 되지?"

그럼요, 물론이죠. 없어도 만들어야죠. 내 즉답에 선배가 살짝 고개를 끄덕이는 것으로 짧디 짧았던 대화는 간단히 끝이 났다. 이제 할 수 있는 일이라고는 하교 시간을 알리는 종이 칠 때까지 기다리는 것뿐이었다. 뭐가 됐든 문제의 기계에 관한 명쾌한 설명을 듣기 위해서라면, 초등학교 6학년의 그날 이래 다시금 고개를 들고 만 이 부글거리는 의문을 어떻게든 잠재우기 위해서라면 그 정도쯤이야 얼마든지 해 줄 수 있었다.

*

하굣길에서 조금 떨어진 골목 안 카페의 작은 테이블에 앉아, 나는 맞은편에서 음료를 홀짝이는 수빈 선배의 얼굴을 한동안 초조하게 힐끔거렸다. 준비는 이미 다 되었다. 집에는 조금 늦는다고 말해 두었고, 어떤 말을 듣더라도 놀라지 않도록 한참 전부터 마음도 단단히 먹어 두었다. 하지만 언제까지고 끝날 것 같지 않은 이 지긋지긋한 침묵만큼은 내 각오의 범위를 벗어난 것이었다. 혼자 저렇게 큰 사이즈로 시켜 놓고, 설마 다 마실 때까지 한 마디도 안 할 작정이신가? 아니면…… 그저 말을 고르고 있는 걸까? 허공에서 멍하니 떠돌던 생각을 마침 내 끌어내린 선배의 말은 과학실에서와 마찬가지로 간략하기 그지없었다.

"어디까지 알고 있어?"

그러고는 내 표정을 잠깐 살피더니 설명을 덧붙이긴 했다.

"무슨 기계인지도 모르면서, 뭐라도 하나 알아내려고 빤한 시비까지 걸었잖아. '구세주 기계'란 소리 듣고도 이상한 사람이라면서 피하는 대신 여기까지 따라왔고. 그러면 그게 평범한 과학상자 공작물은 아니란 건 이미 알고 있단 소리지. 이렇게까지 관심을 가질 만한 이유도 있을 테고. 내 말이 틀려?"

그 부연 설명이 지나치게 정확했기에, 마음이 훤히 들여다보인 것 같아 조금 부끄러울 정도였다. 하지만 이 정도는 이미 각오했다. 저쪽에서 뭔가 말해 주길 바란다면 이쪽에서도 털어놓는 게 있어야겠지. 초등학교 6학년 때의 일은, 그날 목격한 '태극호'와 다연이의 기이했던 모습이며 이후의 갑작스러운 실종에 대해서는 남에게 한 번도 말한 적이 없었기에 처음 입 밖으로 낼 때는 다소 거부감이 들었다. 하지만 그런 거부감도 잠시, 어느새 나는 가슴속에 꽁꽁 감춰 두었던 기나긴 이야기와 나조차도 존재를 알지 못했던 감정의 소용돌이를 오늘 처음 본 선배한테 말 그대로 쏟아 내고 있었다. 지금껏 이날만을 기다리고 있었다는 듯이.

"……한동안은 그냥 다 제 착각이었다고 생각했어요. 꿈을 꾼 거라고. 너무 생생한 꿈이라서 진짜로 다연이란 애가 있었던 것처럼 헷갈려 버린 거라고. 그러면 최소한 말은 되잖아요? 근데, 말은 되는데, 사실 아직까지도 납득은 잘 안 돼요. 무슨 일이 있기는 있었던 것 같아요. 게다가 여기서 하필 그, '태극호'랑 똑같이 생긴 것까지 봤잖아요. 그러니까 따라온 거예요. 혹시나 해서. 그런 걸 만들고 계셨으니까, 어쩌면 뭐라도 더 알고 계시지 않을까 해서."

참았던 숨을 몰아쉬다시피 하며 내가 말을 마치자마자, 수빈 선배는 이번엔 내가 진정할 겨를도 없이 대뜸 휴대폰 화면을 내밀어 보였다. 아무래도 이야기를 듣는 내내 어떻게 대꾸할지 고민하다가, 역시 말로 하는 것보단 직접 보여 주는 게 낫겠다는 결론에라도 이른 모양이었다. 그렇게 들이밀어진 화면에는 설계도 이미지가 떠 있었다. 아까 과학실에서 본 선배의 노트북에 떠 있던 바로 그 설계도. 더 자세히 들여다보고 싶었지만 사실 내가 본다고 설계도를 읽을 수 있는 것도 아니었거니와, 뭘 제대로 보기도 전에 선배의 검지는 벌써 옆으로 홱 움직였다. 다음으로 화면에 뜬 건 웬 노트를 뜯어 스캔해 놓은 것 같은 또 다른 설계도였다. 그다음에는 파란 모눈종이에 그린 스케치, '태극호'나 선배의 공작품과 아주 비슷하면서도 조금씩 다른 과학상자 공작품 사진 여러 개…… 화면 밝기에 눈이 익숙해지기도 전에 이미지 열몇 장이 그렇게 슉슉 지나갔다.

그리고 마지막으로 화면에 모습을 드러낸 것은 그때까지 본 것들 중에서도 가장 해상도가 낮고 또 오래돼 보이는, 누런 종이에 볼펜으로 꾹꾹 눌러서 그려 놓은 듯한 낡은 도면이었다. 그것 역시 과학상자 공작물 설계도인 듯했지만 내가 알아볼 수 있는 건 맨 위에 적힌 글귀뿐이었다. 큰 글씨로 '新機動力'(신기동력), 조금 작은 글씨로 '1986', 한층 더 작은 글씨로 또 몇 글자 더. 순식간에 1980년대까지 거슬러 올라가 버린 이 설계도의 향연이 무엇을 뜻하는지 나는 곧 알아차렸다. 수빈 선배는 '태극호'를 표절한 게 아니었다. 둘 다 훨씬 오래된 설계를 따라 만든 것에 지나지 않았으니까, 적어도 수십 년 동안 같은 공작품을 계속해서 만들어 온 사람들이 있었던 모양이니까. 그 이유까지는 도무지 짐작할 수 없었지만.

"이게 다 뭐예요? 도대체…… 선배가 찾은 거예요?"

"나도 받은 거야. 작년에 도 대회 나갔는데, 거기서 다른 학교 애가 USB를 주더라고. 구할 수 있는 자료는 전부 모은 최신 정리본이니까 혹시 학교에 없으면 꼭 만들어 두라면서."

처음에는 수빈 선배도 그게 도대체 무슨 소리인지 알 수가 없었다고 했다. 다만 파일을 열어 보니 과학상자 설계도가 있었고, 또 나름대로 과학상자 좀 만진다는 자부심도 있었기 때문에 도전을 받아들이겠다는 심정으로 시험 삼아 만들기 시작했을 뿐. 그런데 그런 마음가짐으로 메카트로닉스부 활동 시간마다 조금씩 조립해 나가는 동안, 선배는 자신이 무엇을 만들고 있는 것인지 자연스레 깨닫고 말았다는 것이다.

"기계란 건 설계도만 봐서는 어떻게 움직이는지 모르겠다가도, 손으로 직접 만들어 보면 비로소 그 원리를 이해하게 되곤 해. 모터가 작동하면 어떤 톱니바퀴가 돌아가고, 어떤 축이 움직이고, 어떤 걸 끌어당기고 밀어내서 결과적으로 어떤 움직임을 낳는지. 그런 건 직접 만져 봐야지 알아. 그래서 나도 안 거야. 이 기계를 작동시키면 어떤 일이 벌어질지. 이게 대체 무슨 일을 하는 기계인지."

"그리고 그 결론이 아까 말씀하신……."

"맞아. 구세주 기계. 원하는 세상을 만들어 주는 기계야."

이번에도 역시나 농담을 하는 표정은 아니었다. 그렇다고 귀신에 홀린 것처럼 몽롱해 보인다든가 이상한 종교에 빠진 사람처럼 한껏 들떠 있다든가 한 것도 아니었다. 무슨 알라딘의 요술 램프 같은 이야기를 하면서도 수빈 선배의 목소리는 소인수분해에 대해 설명하는 수학 선생님만큼이나 담담했다. 오히려 평정을 유지할 수 없었던 것은 나였다.

"아니, 아니, 완전 터무니없잖아요. 과학상자가 어떻게 구세주가 돼요. 그냥 모터랑 이런저런 부품 있는 건데, 그런 거 이어 붙인다고 소원 들어주는 기계가 된다고요?"

"컴퓨터는 안 그래? 분해해 놓으면 그냥 부품 조각일 뿐인데. 비행기는? 크레인은? 모터랑 이런저런 부품 이어 붙여서 하늘도 날고 건물도 짓잖아. 기계란 게 원래 그런 거야. 부품 하나하나를 떼어 놓고 보면 별것 아니지만, 그걸 설계도대로 조립해서 전원을 넣으면 목표대로 움직이게 돼 있어."

"아무리 그래도 원하는 세상을 만든다니, 그런 건 진짜로 말이 안……."

더욱 밀어붙이려던 반박은 입 밖으로 나오는 대신 목구멍을 맴돌다 사라졌다. '구세주 기계' 이야기는 물론 내가 기대하던 명쾌한 해설과는 거리가 멀어도 한참 멀었다. 누구한테 물어 볼 것도 없이 말도 안 되는 소리였다. 하지만 그렇게 따지자면 작년에 내가 겪은 일도 말이 안 되긴 매한가지 아닌가? 적어도 수수께끼의 과학상자 공작품을 둘러싸고서 무언가 이해할 수 없는 일이 벌어지고 있는 것만은 확실했고, 그렇다면 도무지 받아들이기 힘든 설명이라 한들 무작정 거부하기만 할 수도 없는 노릇이었다. 하지만…….

"다연이는 그럼 왜 없어진 건데요. 소원 들어주는 기계라면서요. 근데 걔가 원하는 대로 세상이 바뀌기는커녕 세상이, 세상이 다연이를 몽땅 잊어버렸잖아요."

"원하던 게 그거였나 보지. 사라지는 거. 아무도 자길 기억 못 하는 거."

"그럴 리가 없잖아요! 다연이는 그런 생각할 애 아니에요!"

"어떻게 확신해? 이름밖에 기억 못 한다면서."

아냐, 그래도 확신할 수 있어. 다연이는 세상에서 아예 사라지고 싶어 했던 게 아니라고. 나는 알아. 왜냐하면, 왜냐하면……. 하지만 나는 끝까지 대답을 내놓지 못했다. 분하게도 수빈 선배의 말이 옳았다. 확신은 있을지언정 기억이 텅 비어 있었다. 이름밖에 모르는 애가 어떤 마음을 품었을지에 대해 이렇게까지 확신하는 이유조차 나는 도무지 알 수 없었다. 가슴속에서 답답함이 울컥 하고 치밀어 오르려는 걸 남은 음료수로 밀어 내리고 있자니, 방금 전보다 약간이나마 부드러워진 듯한 선배의 목소리가 또박또박 들려왔다.

"더 제대로 이해하고 싶어?"

"네. 엄청요."

"그럼 같이 만들어 보든가. 아까도 말했지만, 직접 만져 봐야지 아는 것도 있으니까."

목소리만 좀 부드러웠을 뿐, 여전히 갑작스럽기 그지없는 제안이었다. 하지만 내게는 결코 거절할 수 없는 제안이기도 했다. 말을 마치고서 이쪽을 빤히 쳐다보는 수빈 선배에게 나는 네, 네 하며 머뭇머뭇 고개를 끄덕여 보였다.

그렇게 나는 중학교 첫 동아리 활동을 영어신문부도 방송부도 아닌 메카트로닉스부에서, 생전 인연이 없을 거라고만 생각했던 나사와 드라이버와 코딩 프로그램에 둘러싸인 채로 시작하게 되었다.

*

바로 그다음 주 목요일 동아리 활동 시간부터, 나는 수빈 선배 옆자리에 앉은 채 미지의 거대한 기계가 만들어지는 모습을 바로 코앞에서 지켜볼 수 있었다. 방해하는 사람은 아무도 없었다. 동아리 담당 선생님은 새로 들어온 부원이 곧바로 자기할 일을 찾아낸(혹은 그렇게 보이는) 것만으로도 충분히 만족하신 눈치였고, 다른 선배들도 각자 자기 작품 만드는 데 바빠

서인지 수빈 선배의 작업에는 별 관심이 없어 보였다. 다만 동아리 활동을 본격적으로 시작하고 보니 학교생활이 예상보다 더 바빠지기는 했다. 일주일에 겨우 한 시간씩 깨작거려서야 뭘 만들든 진전이 없으니 메카트로닉스부 부원들은 점심시간에도 따로 모여 자기 작품에 매달리는 것이 일상이었다. 만들고 있는 작품이 남들 것보다 몇 곱절은 크고 복잡한 물건이라면 더더욱 그럴 수밖에.

물론 수빈 선배에게는 설계도가 있었다. 아무리 커다란 기계라 한들 설계도에 적힌 그대로 따라 하기만 한다면 특별히 어려울 일은 없어야 했다. 문제는 그 설계도가 죄다 낡았거나 흐릿하거나 도무지 알아볼 수 없게 그려진 탓에, 조립 자체보다 도면 해독에 오히려 시간을 더 쏟게 된다는 사실이었다. 설계도 여러 장이 각기 조금씩 다르게 그려져 있기도 했고, 설계도에 나온 부품이 정작 과학상자에 없는 경우는 더욱 흔했다. 몇 번씩 직접 조립해 보고 나서야 설계도의 의미를 깨닫기, 남은 부품을 어떻게 조합해야 최대한 비슷하게 만들 수 있을지 궁리하기, 때로는 하루 종일 열심히 조립해 놓은 걸 눈물을 머금고서 죄다 뜯어 버리기…… '구세주 기계'를 만든다는 것은 그런 시행착오를 끊임없이 반복하는 일이었다.

한편 그 모습을 바로 곁에서 지켜보는 동안, 과연 수빈 선배가 말한 대로 내 눈에도 기계의 작동 원리가 서서히 보이기 시작했다. 기적적인 깨우침 따위는 없었지만 부품 하나하나가 무슨 일을 하는지, 모터에서 시작된 힘이 무엇을 거쳐 어디로 전달되는지 정도는 조금씩이나마 짐작이 갔다. 그 과정에서 처음으로 깨달은 건, 상식적으로는 이 기계가 절대 움직일 리 없다는 사실이었다. 초등학교 4학년 때 우리 반 과학 에이스가 말해 준 그대로였다. 단지 모터 동력이 부족한 정도가 아니라, 이건 사실상 새끼손가락 하나로 과학실 캐비닛을 통째로 들어 올리려는 일에 가까웠다. 일단 새끼손가락이 부러질 테고, 천만다행히 부러지지 않더라도 캐비닛은 꿈적도 않겠지. 선배가 열심히 만들고 있는 기계란 아무리 봐도 그런 물건이었다.

그럼에도 이 기계가 범상찮은 물건이라는 것은 부정할 수 없었다. 이건 깨달음이 아니라 순전히 경험에서 나온 결론이었다. 선배의 지시대로 부품을 집어 건네주다가 손가락이 기계 끄트머리를 스쳤을 때 느낀 심장박동 같은 묘한 떨림, 잘못 만든 부분을 죄다 뜯어낼 때 문득 들려온 아기 울음 비슷한 소리, 분명 아무도 건드리지 않았는데 살아 움직이듯 아주 미약하게 꿈틀거리는 모습까지. 처음에는 착각인가 싶었던 것도 쌓이고 쌓이니 곧 부정할 수 없는 증거가 되었다. 과학실 책상 위에서, 바로 내 눈앞에서 단순한 과학상자 공작품이 아닌 무언가가 만들어지고 있는 게 분명하다…… 내가 이해할 수 있었던 것은 고작해야 여기까지였다. 1학기가 다 지나도록 옆에서 기계와 설계도를 같이 들여다보기는 했으나 모든 부품의 작동 원리가 불현듯 뇌리를 스치고 지나가는 일은 없었고, 대신에 내가 기계 만지는 데엔 정말로 소질이 없다는 사실만 몇 번씩 되새기게 될 뿐이었다. 결국 내 역할은 기껏해야 부품이나 건네주는 정도에서 벗어나지 않았다.

하지만 그런 내게도 할 수 있는 일이 하나쯤은 있었다.

*

수빈 선배는 자신이 만드는 게 '구세주 기계'라고 굳게 믿는 모양이었지만, 나는 그 정도는 아니었다. 기계를 아무리 열심히 만져 본들 진짜 정체를 알아낼 수는 없었고, 다연이가 기계에다 대고 자신을 사라지게 해 달라고 빌었으리라는 생각도 전혀 들지 않았다. 무엇보다 이 모든 게 함정이기라도 하면 어떡할 거야? 소원을 이뤄 주기는커녕 사람을 세상에서 지워 버리는 기계라면? 선배도 다연이처럼 그냥 증발해 버리면 안 되잖아? 아무리 생각해도 이건 따로 좀 알아볼 필요가 있어 보였다. 그리고 비록 컴퓨터든 프로그래밍이든 전혀 아는 게 없는 나라도 인터넷에 널려 있는 정보를 뒤적거리는 것쯤은 할 수 있었다.

"좋아, 일단 뭐부터 검색해 볼까?"

시작은 초등학교 4학년 때 과학상자 대회 나갔던 애한테 얼핏 들은 이야기. 과학상자 마니아들끼리 모여서 서로 작품을 자랑하고 노하우를 공유하는 카페가 있다고 했는데, 수빈 선배가 도 대회 출전자한테 설계도 USB를 받았다고 했으니까 어쩌면 그런 카페에도 정보를 줄 사람이 한둘쯤 있지 않을까? 그런 생각으로 한참을 뒤져 봤지만 소득은 별로 없었다. 지워진 댓글, 글 대부분에 열람 제한을 걸어 놓은 블로그, 탈퇴한 회원 정보…… 최근까지도 뭔가 이야기가 오간 것 같기는 한데, 자세한 내용은 짐작하기도 어려웠다. 그렇게 한동안 머리를 감싸 쥐며 시간 낭비를 한 뒤에야, 나는 비로소 가장 중요한 단서가 줄곧 눈앞에 펼쳐져 있었다는 사실을 깨달았다.

"선배, 저한테도 설계도 파일 좀 보내 주세요. 집에서 따로 공부해 보게."

물론 여전히 나는 설계도를 제대로 읽을 수 없었다. 읽을 필요도 없었고. 내가 알고 싶었던 건 도면에 그려진 부품 조립 방법이 아니라 어쩌면 남아 있을지도 모르는 다른 정보였다. 누가 서명 같은 걸 남겨 두지는 않았는지, 학교 이름이나 날짜 같은 건 혹시 적혀 있는지, 그런 것들. 대다수 파일에서는 딱히 건질 게 없었지만 맨 마지막의 가장 낡은 설계도에서는 적잖은 수확을 얻었다. 새삼 눈에 띈 건 '新機動力'이라는 제목 옆의 '1986'이라는 연도. 찾아본 바로는 과학상자 첫 대회가 1984년에 열렸으니까 2년 만에 이런 설계도가 나왔다는 소린데…… 과학상자가 나오기 전부터 '메카노'라는 비슷한 외국 제품이 있었다고 하니까, 어쩌면 이 설계 자체도 해외에서 들여온 게 아닐까? 그렇게 생각하고서 다시 한번 살펴보니 연도

표시 옆의 더 작은 글씨가 눈에 들어왔다. 흐릿해서 읽기 쉽지는 않았지만, 집중해서 보니 이렇게 적혀 있는 것 같았다.

J. M. 스피어의 구상에 따름

거봐, 외국 이름이잖아! 벅차오르는 흥분을 가득 안고서 검색창에 'J. M. 스피어'라고 쳐 보았지만 실망스럽게도 건질 게 없었다. 영어 이름이라면 역시 영어로 검색해야 할 테니 어찌 보면 당연한 일이었다. 다행히도 영어에는 약간이나마 자신이 있었고, 설령 막히더라도 번역기를 좀 동원하면 그만. 떠오르는 철자를 이리저리 바꿔 가며 찾고 또 찾다 보니 마침내 눈에 들어오는 검색 결과가 하나 있었다. 1800년대 미국에 살았던 '존 머리 스피어'라는 사람에 대한 인터넷 사전 페이지였다. 번역 결과를 읽어 내려가는 동안 방망이질하는 가슴을 주체할 수 없었다. 찾았어, 이 사람이야. 이 사람이 바로 기계 설계도를 구상했다는 'J. M. 스피어'인 게 분명해.

존 머리 스피어. 1804년에 태어난 미국의 성직자이자 사회운동가. 처음에 그는 노예제 반대 운동으로 이름을 떨쳤다. 미국 곳곳에서 집회를 열고 연설을 했으며, 또 노예들이 주인으로부터 도망칠 수 있도록 직접 돕기도 했다. 그러다가 성난 군중에게 습격당해 큰 부상을 입은 적도 있었다. 한편으로는 사형제 폐지 운동, 그리고 여성과 남성의 동등한 권리를 주장하는 운동에 힘쓰기도 했다. 하지만 정작 그의 이름이 역사에 남은 것은 1850년대부터 심령술에 심취하는 바람에 벌인 괴상한 행동 때문이었다. 처음에는 죽은 위인들의 영혼과 의사소통을 할 수 있다고 주장하더니, 급기야는 추종자들과 함께 오두막집에 틀어박혀 기이한 발명품을 만드는 데에 몰두하기 시작했다. 새로운 시대의 막을 열어젖힐 놀라운 물건, 무한한 동력으로 인류를 구원해 낼 장치, 말하자면 구세주 기계. 정식 명칭은 '뉴 모티브 파워'(New Motive Power), 즉 '신기동력'이었다. 스피어는 추종자들의 도움으로 '신기동력'을 완성했고, 마침내 작동까지 시키기에 이르렀다.

그러고 나서는…… 딱히 아무 일도 일어나지 않았다. 기계는 작동했지만 그렇다고 세상이 갑자기 살기 좋은 낙원으로 바뀌는 일 따위는 일어나지 않았다. 노예제도, 사형제도, 여자에게 투표권이 주어지지 않은 현실도 그대로였다. 사람들은 스피어의 기계를 마음껏 비웃었다. 스피어는 여전히 자신이 성공했다고 꿋꿋하게 주장했지만 정작 문제의 구세주 기계 '신기동력'은 어느 날 밤 침입한 괴한들에 의해 조각나 버려졌다고도, 혹은 스피어 자신의 손에 파괴되었다고도 전해진다. 그걸로 끝이었다. 스피어는 그 뒤로도 심령술과 사회운동에 매진하다가 1887년에 83세의 나이로 죽었다. 기적 같은 일이 가능하리라고 그렇게나 외쳤던 주제에 기적이라고는 단 한 번도 일으키지 못한 채, 그저 지상에서 평범하게.

"뭐야, 이게 다야? 기계 만들려다가 실패했고, 그러고선 그냥 죽었어?"

계속 찾아보니까 뭐가 조금 더 나오기는 했다. 자기 집 다락방에서 '신기동력' 파편처럼 보이는 걸 우연히 발견했다는 사람 이야기, 스피어의 친필 노트가 매물로 올라온 경매 사이트, 수상쩍은 포럼 구석에서 스피어의 구세주 기계가 실은 더 오래된 '크로아토안 장치'를 근대적으로 개량한 것에 지나지 않는다고 열변을 토하는 글 등등. 하지만 그런 부스러기 정보를 있는 대로 긁어모아 봐도 의문은 여전히 남았다. '태극호'도 수빈 선배의 기계도 스피어의 구상에 따라 만든 걸 텐데, 왜 다연이랑 다르게 스피어는 사라지지도 잊히지도 않은 거야? 정말로 구세주 기계가 세상을 원하는 대로 만들어 준다면 왜 스피어의 소원은 이뤄지지 않은 건데? 1850년대 미국의 외딴 오두막집에서 스피어는 대체 뭘 한 건지, 그리고 그날 과학실에서 다연이에게는 무슨 일이 일어난 것인지, 기계를 끝까지 만들어 보기 전까지는 결국 아무것도 알아낼 수 없을 모양이었다.

*

기계가 언제 완성될지 신경 쓸수록, 그 완성을 책임지는 수빈 선배에 대해서도 자연스레 점점 더 신경이 쓰였다. 그러다 보니 1학년 2학기에 접어들 무렵부터 이전에는 눈치채지 못했던 선배의 사소한 행동들이 하나둘씩 눈에 밟히기 시작했다. 나와 선배가 나누는 대화라고는 여전히 과학실 책상 앞에서 주고받는 "나사 두 개", "여기요", "드라이버 좀", "거기 있잖아요" 정도에 그쳤지만, 그래도 계속 옆에 붙어 있다 보면 싫어도 눈에 들어오는 것이 생기게 마련이니까.

이를테면 발신자가 '엄마'나 '아빠'라고 뜨는 전화를 받기 전에는 항상 조금 주춤한다거나, 내가 멀리 있을 때면 큰 목소리로 부르는 대신 내 쪽으로 온다거나, 다른 선배들이랑 대화하는 일이 거의 없는 것 같다거나. 학기 초에는 겉돌던 나조차 그때쯤에는 친구를 여럿 사귀었는데도, 선배는 학교에 전혀 섞이지 못하는 사람 같았다. 중간고사 기간 즈음에는 상담실에서 터덜터덜 걸어 나오는 선배와 우연히 마주치기도 했다. 아무 말 없이 발걸음을 재촉해 내 곁을 지나쳐 가던 모습이 한동안 기억에서 사라지지를 않았다.

그리고 그런 모습을 볼 때면 이따금씩 머릿속이 흔들, 하고 요동치기도 했다. 기억이 깜박였다. 선배의 얼굴 위로 전혀 낯선 얼굴이 겹쳐졌다가 공기 중으로 흩어졌다. 아주 비슷한 표정과 태도를 다른 누군가에게서 봤던 것처럼 강렬한 기시감이 밀려왔다가 다음 순간에는 간데없이 사라지기도 했다. 누구에 대한 기억인지 짐작은 갔다. 수빈 선배를 보며 나는 다연이를 생각하고 있었다. 스피어와 마찬가지로 무언가 간절히 원하는 게 있었을, 그래서 구세주 기계 앞에 서서 소원을 빌었을 다연

185

이를.

"만약에, 만약에 말이에요. 다연이가 정말로 세상에서 사라지고 싶었던 거라면요."

점심시간 막바지에 선배와 함께 이리저리 널브러진 부품을 정리하던 도중, 어김없이 갑작스레 습격해 오는 기억에 휩쓸리듯이 나는 그렇게 운을 뗐다. 그냥 단순한 가정이었다. 다연이가 절대로 그랬을 리는 없지만, 그래도 만에 하나 선배의 말이 사실이라면.

"왜 그런 소원을 빌었던 걸까요? 영영 없어지고 싶다고, 자기를 다 잊어버렸으면 좋겠다고…… 도대체 왜 그런 마음을 먹었을까요. 선배, 선배는 혹시 알겠어요?"

"모르지. 만나 본 적도 없는 앤데."

네에, 기대도 안 했네요. 그렇게 속으로 중얼거리며 정리나 계속 할 작정이었다. 그런데 선배의 말은 끝난 게 아니었다. 잠깐 숨을 고르는 소리에 이어 다시금 말소리가 들려오기 시작했다. 작고 나지막한, 그리고 명백하게 떨리는 목소리였다.

"근데 그럴 때가 있어. 여기서는 도저히 견딜 수가 없어서, 답답하고 괴롭고 숨이 막혀서 차라리 다 그만둬 버리면 좋겠다고 생각할 때가. 누가 나를 가지고 왈가왈부하는 것도 싫고 슬퍼하는 것도 싫고 그냥 깔끔하게 잊어 주었으면 좋겠고…… 충분히 그럴 수 있지. 나는 그렇게 생각해."

"그렇다고 왜 사라지려고 해요? 뭐가 그렇게 힘든지는 몰라도 더는 못 견디겠으면, 그러면 그냥 그만하면 되잖아요. 괜히 참을 필요 없이."

"하지만 세상에는 그렇게 그만둘 수 없는 것도 있잖아. 우린…… 학생이잖아. 미성년자고. 이건 힘들다고 내 마음대로 그만할 수 있는 게 아니잖아. 1반이거나 2반이거나 3반일 수는 있지만 아무 반도 아닐 수는 없고. 남학생 아니면 여학생인데 둘 중에서 고를 수는 없고 둘 다 안 할 수도 없고. 선배 아니면 후배여야 하고. 몇 등이 되었든 전교 석차 어딘가에는 있어야 하고. 어떤 애들은 아무렇지도 않지. 어떤 애들은 힘들어도 이겨 낼 수 있지. 그런데, 물고기가 어항에 갇히면 그래도 숨을 쉬면서 살 수는 있는데, 쥐가 어항에 갇히면 그냥 빠져 죽어야 하잖아. 어떤 애들은 그래. 어떤 애들은 그걸 못 버텨."

그래도 힘내서 버텨야지 어떡해요, 라는 말을 무심코 내뱉으려던 순간 머릿속이 세차게 흔들렸다. 전에도 이런 말을 했던 것 같다. 평소와는 다르게 사정없이 떨리는 목소리로 기억나지 않는 말을 쏟아 내던 누군가를 위로해 주려고, 내 나름대로는 좋은 충고를 해 주려고…… 짙고 불분명한 후회가 뒤이어 가슴에 가득 찼다. 나는 도대체 뭘 후회하고 있는 걸까. 내가 도대체 무슨 말을 했던 걸까. 대답을 마치고서 다시 부품 정리를 시작한 수빈 선배의 얼굴은 잔뜩 상기되어 있었다. 나사가 서로 부딪치는 달그락 소리 속에서 견디기 힘든 침묵이 흘렀다. 그 침묵이 점심시간을 마치는 종소리에 산산이 깨지기

직전, 나는 조심스레 마지막 질문을 덧붙였다.

"기계 다 만들고 나면, 선배도 소원 빌 거예요?"

선배는 대답하지 않았다. 나도 더 이상 캐묻지 않았다.

*

수빈 선배의 구세주 기계가 드디어 완성된 것은 2학기 기말고
사를 일주일쯤 앞둔 때였다. 작업이 너무 늦지 않게 마무리되
어 내심 다행이었다. 기계가 완성에 가까워질수록 선배는 뭐
에 홀린 사람처럼 점점 더 조립에만 몰두했고, 나도 그런 선배
를 돕겠다고 옆에 붙어 있느라 시험공부를 정말 하나도 못 할
뻔했으니까. 수빈 선배에게 짐짓 그렇게 투덜거려 보았더니
"늦지 않아서 나도 다행이라고 생각해"라는 대답이 돌아왔다.
중간고사 때도 시험공부는 하는 둥 마는 둥 했으면서 무슨.

아무튼 조립은 끝났으니 이제 작동을 시켜 볼 때였다. 무슨
일이 일어날지 모르니 가능한 한 학교에 사람이 없을 때를 골
라야 했다. 적당한 핑계를 대서 제때 과학실 열쇠를 얻어 놓는
것은 내 몫이었다. 마침내 찾아온 결행의 순간, 나와 수빈 선배
는 널찍한 과학실 한복판에 단둘이 서 있었다. 책상 위에 비석
처럼 놓인 거대한 기계를 가만히 바라보면서. 완성된 구세주
기계는 틀림없이, 사소한 차이점이 곳곳에 있음에도, 초등학
교에서 보았던 '태극호' 그 자체라고밖에 말할 수 없었다. 실루

엣이 같았고 분위기가 같았다. 그렇다면 앞으로 일어날 일은
어떨까.

기계는 건전지와 노트북에 연결된 채였지만, 전류가 흐른다
고 해서 이 거대한 구조물이 원하는 대로 움직여 줄 리는 없었
다. 그리고 고작 전기만으로 원하는 세상이 마법처럼 만들어
질 리도 만무했다. 나는 애원하듯 수빈 선배를 힐끗 올려다보
았다. 과연 나와는 달리 선배는 어떻게 해야 하는지 이미 알고
있는 눈치였다. 선배의 발이 조용히 몇 걸음 앞으로 나아갔다.

그리고 기계가 움직이기 시작했다.

처음에는 정말로 미약하기 그지없는 움직임이었다. 바람이
불어도 저 정도는 흔들리겠거니 싶은, 눈에 힘을 주지 않으면
제대로 보이지도 않는 그런 꿈틀거림. 하지만 꿈틀거림은 이
내 진동이 되었고 또 파도가 되었다. 덜컥덜컥, 삐걱삐걱, 찰캉
찰캉, 윙윙. 선배가 가까이 다가갈수록 기계도 점점 더 거세게
몸을 뒤틀며 기지개를 켰다. 안테나가 돌아가고 톱니바퀴가
맞물리고 축이 앞뒤로 미끄러졌다. 스위치 하나 누른 적 없는
데도. 마치 선배의 존재 자체가, 무언가를 정말로 간절히 바라
는 듯한 선배의 저 표정이 기계에 끝없는 동력을 공급해 주고
있기라도 한 것처럼. 지금과는 다른 세상을 간절히 바라는 힘
자체가 새로운 세상을 만들어 낼 수 있기라도 한 것처럼. 하지
만 스피어는 실패했잖아, 사람 하나가 간절히 바란다고 세상
이 바뀔 리 없잖아…… 그런 생각을 지우듯 안테나로부터 빛

이, 기억 속의 바로 그 희고 투명하고 날카로운 광선이 뿜어져 나왔다.

광선은 삽시간에 선배를, 나를, 온 과학실을 집어삼켰다. 기계의 삐걱거림이 점점 더 아기 울음소리처럼 들렸다. 초등학교 6학년 때의 그날처럼. 하지만 광선에 온전히 감싸인 내 눈에는 이제 그때와는 조금 다른 광경이 비치고 있었다. 찬란한 빛 속에서 책상 위의 기계와 연결된 채 움직이는 아주, 아주 커다란 기계. 운동장의 모래알보다도 훨씬 많은 톱니바퀴가 하늘의 별보다도 훨씬 많은 축에 매달린 채 규칙적으로 회전하는, 이 세상 안에 전부 들어갈 수 있을까 싶을 만큼 거대한 그런 기계. 수빈 선배가 만든 기계의 파도치는 움직임은 그것의 극히 일부분에 지나지 않았다. 바닷가의 파도가 넓은 바다의 가장자리에 불과하듯이. 그리고 그 끝부분에서, 정말로 파도가 무너지듯, 무지갯빛 거품이 일어 끝없이 끝없이 세상을 가득 채워 나갔다. 크고 작고 반짝이는 거품들, 아니, 그냥 거품이 아니었다. 거품 하나하나마다 세계가 하나씩 들어 있었다.

만화나 애니메이션, 아니면 무슨 과학 방송에서 얼핏 본 내용이었을 것이다. 이 우주 바깥에는 또 다른 우주가 무수히 존재하고, 수많은 가능성에 따라 지금도 우주가 끊임없이 생겨나고 있다는 물리학자들의 꿈같은 가설. 기계가 뿜어내는 광선 한가운데에서 보인 광경이 바로 그러한 것임을 나는 직감적으로 깨달았다. 여기와는 다른 세계의 과학실과 교실과 복도와 학교가 각각의 거품 너머에서 반짝이며 내 앞에 펼쳐져 있었다. 얇디얇은 거품 막만 통과하면 간단히 저쪽 세계로 갈 수 있을 것 같았다. 그러니까 구세주 기계는, '태극호'는, '신기동력'은 내가 원하는 대로 세상을 바꿔 주는 기계가 아니었다. 내가 원하는 곳을 찾아갈 수 있도록 무수히 많은 세계를 펼쳐 보여 주는 기계였다.

다시 말해서, 다연이는 결코 사라지려고 소원을 빈 게 아니었다. 단지 자신이 바라던 세상으로 영영 건너가 버렸을 뿐.

잠깐만, 그러면 수빈 선배는? 황홀하고도 두려운 광경 속에서 고개를 휘휘 저어 둘러보니, 선배는 이미 한참이나 멀리 나아간 뒤였다. 줄지어 난 문처럼 주변에 늘어선 거품들이 멀어져 가는 선배의 모습을 차례로 비추었다. 거품 속에서 선배는 수많은 모습을 하고 있었다. 1반이거나 2반이거나 3반이거나 어느 반도 아니거나. 남학생이거나 여학생이거나 둘 다 아니거나. 선배이거나 후배이거나 전교 석차 어딘가에 있거나 혹은 아무 데도 없거나…… 그중 하나의 세계 앞에서 마침내 수빈 선배의 발걸음이 멈추었다. 붙잡으려면 지금뿐일 것 같았다. 하지만 그럴 수 없었다. 거품 표면에 비친 선배의 얼굴이 너무나도 기뻐 보였으니까. 학교에서는 한 번도 본 적 없는 표정이었으니까.

거품은 어느새 내 코앞에서도 방울방울 올라오고 있었다. 그 안으로 들여다보이는 광경은 떠나온 지 오래인 초등학교 건물 뒤편의 그늘 아래였다. 그 무수한 그늘마다 초등학교 6학년인 내가 가장 친한 친구 앞에 서서, 어떤 고민이든 털어놓아도 된다면서 자랑스레 말하고 있었다. 친구는, 다연이는 힘겨운 표정으로 내게 더듬더듬 뭐라고 말을 하고, 나는 그 말에 각기 다른 반응을 보이고. 역겨워하며 손을 뿌리치는 내가 있었다. 어색하게 말을 돌리는 내가 있었다. 농담이라고 생각하며 웃어넘기려 하는 내가, 참고 견디라면서 잘난 체 충고하는 내가 있었다. 그리고…… 있는 그대로 이해하려 애쓰는 내가 있었다. 같이 울고, 손을 맞잡고. 너는 이제 처음 보는 옷차림과 머리와 표정으로 자유롭게 웃어 보이고. 그건 아직 다연이가 존재할지도 모르는, 그리고 어쩌면 다연이가 건너갔을지도 모르는 세계의 풍경이었다. 수빈 선배의 목소리가 머나먼 메아리처럼 귓가에 희미하게 울렸다.

"너도 원하는 세상이 있었구나. 전혀 몰랐네."

그야 나도 몰랐으니까. 하지만 이제는 알 수 있었다. 기억할 수 있었다. 다연이가 얼마나 소중한 친구였는지. 그리고 내가 다연이에게 무슨 말을 해 주었어야 했는지. 그리고 세상이 어떻게 바뀌어야 다연이가 견디고 살아갈 수 있을지. 내가 바라는 세계는 곧 다연이가 바라는 세계이기도 했다. 그런 세계가 바로 내 앞에서 문을 활짝 열어젖힌 채 기다리고 있었다. 한 발짝, 또 한 발짝. 그런데 마지막 발걸음은 떨어지지 않았다.

"안 건너갈 거야? 마음에 들 텐데."

"저도 알아요. 가고 싶어요. 당장이라도 다연이한테 가고 싶다고요. 그런데 전, 저는 왠지, 떠나면 안 될 것 같아요. 제가 할 일이 아닌 것 같아요. 그냥 그런 생각이 들어요."

그렇게 두서없이 주워섬기는 동안 나는 J. M. 스피어를 생각하고 있었다. 노예제에 반대하고, 사형제에 반대하고, 여자도 남자와 같은 권리를 누려야 한다고 믿었으며, 구세주 기계를 만들어 내 작동시키기까지 한 사람. 하지만 스피어는 이 세상에서 사라지지 않았다. 자신이 꿈꾸던 일이 전부 이루어지는 세상을 분명히 보았을 텐데도, 그곳으로 건너가는 대신 여기에 남아 끝까지 세상을 더 낫게 만들려고 애쓰다가 죽었다. 그게 스피어가 선택한 길이었다. 동시에 내가 선택해야 할 길이기도 한 것 같았다.

"전 버틸 수 있잖아요. 학교도 그냥저냥 잘 다니고, 뭐 엄청 힘들지도 않고. 그러니까 굳이 원하는 세상으로 가지 않아도 괜찮잖아요. 그럼 여기 있을래요. 혹시 제가 바꿀 수 있는 게 있을지도 모르니까. 그렇게 하면 딴 애들도 버틸 수 있게 될지 모르니까. 그리고 선배도, 수빈 선배가 이 세상에 있었다는 것도…… 제가 여기서 계속 기억할게요."

내 말에 선배는 아주 잠깐 놀란 표정을 지었다가, 이내 작게 웃으며 대답했다.

"저쪽엔 너 같은 애들이 더 많았으면 좋겠다."

그 말을 마지막으로 선배는 거품을 향해 몸을 던졌다. 어마

어마하게 부풀어 올라 있던 거품이 선배의 몸을 끌어안고 무너져 내렸다. 기계가 세차게 울부짖었다. 이윽고 광선이 서서히 걷히면서 울음소리가 잦아들었다. 새하얀 빛 사이로 과학실 책상과 의자들이 제각기 얼굴을 내밀었다. 마침내 기계가 완전히 멈추었을 때 나는 과학실에 혼자 서 있었다. 분명 함께 있던 선배의 얼굴은 벌써 흐려져 제대로 떠오르질 않았다. 선배와 만나면서 일어난 일 전부가 그저 꿈처럼 아련하게만 느껴졌다.

하지만 잊지는 않을 거야, 나는 속으로 중얼거려 보았다.

*

그 뒤로도 내 학교생활은 별로 달라진 게 없었다. 수다를 떨고, 공부를 하고, 동아리 활동을 하고. 메카트로닉스부에는 조금 더 있어 볼 작정이었지만, 아무래도 적성에 맞질 않아 2학년 올라가면서 그만두었다. 영어신문부가 더 괜찮아 보이기도 했고. 아, 수빈 선배가 만든 기계는 여전히 과학실 뒤편에 전시되어 있었다. 동아리 담당 선생님에게 무슨 기계인지 물어보았더니 "예전에 졸업한 선배가 만들어 놓고 간 게 아니겠느냐"는 엉뚱한 대답이 돌아오긴 했지만.

물론 바뀐 것도 있기는 했다. 점심시간이 여유로워져 친구를 더 많이 사귈 수 있었고, 그런 친구들의 말을 더욱 주의 깊게 들으려 애썼다. 물론 친구가 아닌 애들의 말도. 그중에 누가 이 세상을 견디기 힘들어할지 모르니까. 그렇다면 누군가는 그 애한테 '구세주 기계'의 존재를 슬쩍 귀띔해 주어야 하니까. 수빈 선배한테 USB를 건넨 사람처럼, 다연이에게 '태극호'의 진실을 알려 주었을 사람처럼, 구세주 기계의 존재를 알면서도 다른 세계로 건너가지는 않은 사람이 이 세상엔 꼭 필요할 테니까. 말하자면 나는 비상구 표시등에 그려진 사람과도 비슷했다. 금방이라도 달려 나갈 것 같은 모습으로 비상구가 어디인지 가르쳐 주지만 자신은 결코 문을 나서지 않는.

하지만 비상구 그림과 달리 내게는 할 수 있는 일이 몇 가지 더 있었다. 언제든 고민을 나눌 수 있는 친구가 되는 일. 고민을 말하는 친구의 손을 마주 잡는 일. 때론 친구를 위해 선생님이나 다른 애들과 말싸움이라도 벌이는 일. 그리고 또 무엇을 할 수 있을지 찾아보는 일. 그래 봐야 캐비닛을 들어 올리려는 새끼손가락만큼이나 보잘것없는 일들이었지만, 혼자 힘으로 세상을 조금이나마 바꿀 수 있으리란 생각도 감히 한 적은 없었지만, 그래도 시간이 지나고 노력이 쌓이다 보면 혹시 모르는 일이었다.

언젠가는 이 세상도 다연이가 바랐던 세상과 똑같아지지 않을까.

그러면 다연이도 다시 내 곁으로 돌아와 주지 않을까.

적어도 그때까지는 여기서 내가 할 수 있는 일을 하며 기다릴 작정이었다. 초등학교 때의 '태극호'처럼, 자신을 필요로 하는 사람이 올 때까지 과학실 선반 위에서 줄곧 기다리고 있었을 그 커다랗고 멋진 기계처럼.

거리두기 2063

송경아

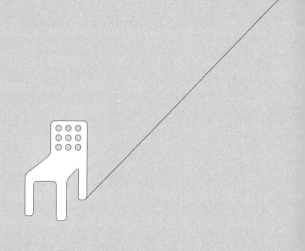

송경아

소설가이자 번역가.

대학에서 전산학을 공부했고, 대학원에서 국어국문학과 박사 과정을 수료했다.

1994년 계간 《상상》에 「청소년 가출협회」를 발표하며 작품 활동을 시작했다.

지은 책으로 『성교가 두 인간의 관계에 미치는 영향에 대한 문학적 고찰 중

사례 연구 부분 인용』『테러리스트』『누나가 사랑했든 내가 사랑했든』

『우모리 하늘신발』『백귀야행』 등이 있고, 『책에 갇히다』『성, 스러운 그녀』

『죽은 자들에게 고하라』『앱솔루트 바디』 등의 단편집에 참여했다.

『S&M 페미니스트』와 『롱 워크』『뱀파이어 유격수』『드래곤 펄』을 비롯해

SF, 미스터리, 판타지 장르의 많은 소설을 번역했다.

── 보듬이에게

안녕? 난 너랑 같은 반인 시우라고 해. 전에도 한 반이었는데 혹시 기억나니? 책상에 편지가 들어 있어서 깜짝 놀랐을 것 같아. 원래는 너한테 천천히 말을 걸고 폰 번호를 받아서 메시지를 보내고 싶었는데, 오늘 네가 학교에 나오지 않아 어쩔 수 없었어. 난 글씨도 잘 못 쓰는데…… 그래도 이 편지는 최대한 예쁜 글씨로 쓰려고 노력하고 있어.

오늘 아침 등교할 때 엄마가 '다음 주부터 모든 학교가 1차 VR 수업에 들어간다'는 뉴스를 말해 줬어. 또 전염병 때문인가 봐. 엄마는 사오 년마다 골치 아픈 전염병이 돈다고 투덜거려. 하긴 우리 6학년 때도 마스크 질리게 썼다, 그렇지?

1차 VR 수업이면 초등학교 때처럼 홀짝 번호 번갈아 학교에 나와야겠지? 기껏 새 학년에 너랑 다시 같은 반이 되었다고 기뻐했는데, 너는 짝수 번호고 나는 홀수잖아. 학교에 나와도 널 볼 수가 없어. 이번 전염병은 얼마나 오래갈까, 올해 안에 네 얼굴을 다시 볼 수는 있을까 마음이 급해졌어. 너와 좋은 친구가 되고 싶은데 세상이 도와주질 않네.

아무래도 손 편지는 힘들다. 괜찮다면, 폰 번호나 메일 주소를 알려 줄래? 그쪽으로 연락할게. 부탁해.

3월 둘째 주 금요일
다시 한 반이 되어 너무나 기쁜 시우

───   **시우에게**

학교에 와서 책상 서랍에 필통을 넣다가 네 편지를 발견하고 너무 놀랐어. 지난 목요일에 조금 쌀쌀하다 싶더니 그날 밤 열이 나는 바람에 혹시나 싶어 아침부터 보건소에 가서 검사를 받았어. 그러느라 학교를 빠졌는데 이제 VR 수업이니 일주일에 한 번밖에 학교에 못 나가겠네. 아까워라. 이번 팬데믹은 언제쯤 끝날까. 올해 안에 끝나면 좋겠어.

그리고 나 너 누군지 알아. 작년에 우리 같은 반이었잖아. 하긴 우리가 작년에 서로 서먹하긴 했지. 너는 너대로 친한 애들이 따로 있었고 나도 그랬으니까. 나와 친해지고 싶었다니 정말 기쁘다. 2학년 때 친구들 아무하고도 같은 반이 되지 못

해서 좀 서운했거든.

폰 번호를 알려 주고 싶지만, 그 전에 미리 말해 줄 게 있어. 우리 엄마들은 두 분 다 걱정이 좀 많으셔. 그러다 보니 폰을 사 주긴 했어도 받은 메시지는 일단 다 훑어봐야겠다고 하셔. 온라인 범죄가 하도 극성이라 신경을 안 쓸 수가 없다나. 대학에 가면 그때부터는 내 마음대로 해도 좋지만, 그 전까지는 엄마들이 보호해야겠다고……

그래서 서로 번호를 교환하면 엄마들도 어느 정도 보게 될텐데, 그래도 괜찮지?

이 편지는 그냥 내 서랍 속에 넣어 둘게. 사실은 네 자리가 어디인지 확인을 못 했어. 네가 이 편지를 잘 찾아갔으면 좋겠다.

셋째 주 화요일
학교에 못 나온 사이에 친구가 생겨 기쁜 서강보듬

─── **보듬이에게**

미안해. 내가 저번에 조급해서 편지를 제대로 쓰지 못했나 봐. 학교 가서 네게 말을 걸 생각만 하고 있다가 네 자리가 빈 걸 보고 깜짝 놀랐어. 어떻게 할까 망설이다가 쉬는 시간에 간신히 쓴 거라서……. 이번에는 네 편지를 가져와 차분히 읽으면서 쓸 수 있어서 다행이야.

넌 내가 민시우인 줄 알았구나? 나는 1학년 때 같은 반이었던 윤시우야. 아마 넌 기억하지 못할 거야. 너는 앞줄에 앉고 나는 맨 뒷자리에 앉았으니까. 그렇지만 난 네 기억 많이 나. 넌 미연이, 서희, 준영이와 친해서 함께 다녔잖아. 난 서희와 키가 비슷해서 그 애와 두 번 짝이 됐어. 그래서 너와 다른 아이들이 서희 자리로 놀러 왔을 때 자주 봤어. 그때는 쑥스러워서 말을 붙이지 못했지만, 너희가 서희랑 같이 떠들고 웃는 걸 볼 때마다 나도 너희와 친해져서 같이 다니고, 함께 이야기하고 웃을 수 있으면 좋겠다고 생각했어.

너희 어머니들 걱정은 나도 이해해. 나 초등학교 때도 온라인 범죄에 당해서 전학 간 애가 있었으니까. 네 어머니들이 우리 메시지를 보신다는 게 내키지는 않지만, 어쩌겠어. 친구 집에 놀러 갈 때 허락받는 거랑 비슷하다고 생각해야지. 내 폰 번호는 036 C-28 Y1769야. 편할 때 연락 줘.

어느덧 3월 중반에
민시우 아닌 윤시우가

─── 민시우 아닌 윤시우에게

연락 많이 기다렸니? 전화 못 해서 미안해. 하지만 아무래도 우리는 계속 지금처럼 편지를 주고받아야 할 것 같아. 나도 손편지가 별로 익숙하지는 않지만…….

솔직히 말하면, 네가 민시우가 아니라 윤시우라는 걸 알고 많이 당황했어. 남자를 싫어하지는 않지만…… 그러니까…… 난 내가 남자애들에게 특별히 편견을 갖고 있다고 생각하지는 않아. 하지만 나는 거의 여자들하고만 어울리며 자랐어. 엄마들은 늦은 나이에 인공자궁으로 나를 낳으셨어. 그래서 엄마 시대 사람들이 많이들 그런 것처럼 남자에 대해서는 편견이 있으셔. 질병에 약하고, 여자보다 발달이 늦고, 거칠고, 아무거나 먹고, 다른 길로 빠지기 쉽고, 교육하기 힘든 성별이라고 생각하시지. 나도 지금까지 남자아이들과 노는 것보다는 여자아이들과 노는 게 편했고, 앞으로도 아마…… 친구를 사귀어도, 연애나 결혼을 한다고 해도 여자와 하게 될 거라고 막연히 생각하고 있었어. 엄마들도 그랬고. 그런데 내가 남자애와 연락을 주고받는다는 걸 아시면, 그냥 친구라고 아무리 설명해도 우리 엄마들은 신경을 곤두세울 거야. 안 된다고 하지는 않겠지만 훨씬 신경을 쓰실 것 같아. 그러면 나도 마음이 불편해질 테고.

너는 어떻게 생각할지 모르지만, 우리가 잘못을 저지를 것도 아니니까, 엄마들한테 작은 비밀을 갖는다고 해서 큰일 날 것 같지는 않아. 어차피 지금은 우리가 얼굴을 보거나 같이 다닐 수도 없잖아? 난 지금처럼 편지를 주고받는 게 더 나을 것 같아. 괜찮지?

낯설긴 하지만 편지 쓰기도 생각보다 재미있어진
보듬이가

─── 보듬이에게

편지 잘 받았어. 솔직히 난 너랑 통화하거나 메시지 주고받고 싶지만 너희 집이 그렇다면 어쩔 수 없지, 뭐. 폰으로 연락하면 홀로그램 통화로 네 얼굴을 볼 수 있을까 생각했는데 아쉽다.

네 편지를 읽고, 엄마가 여럿인 집은 그럴 수도 있겠구나 생각했어. 넌 너희 엄마들이 예전 세대라고 말했지만, 우리 집이야말로 구식이야. 아빠와 엄마가 회사에서 연애를 하다가 결혼해서 나와 여동생을 낳았어. 상상이 가니? 엄마 몸으로 낳았대! 그것도 둘씩이나! 그 당시만 해도 인공자궁 이용료가 너무 비싸서 우리 집 형편으로 감당할 수 없었다는 거야.

하지만 돈이 있었어도 과연 인공자궁을 썼을까 의문이기는 해. 우리 아빠는 '자연적'인 거 너무 좋아하거든. 예를 들어서,

우리 아빠는 지금도 가끔 '진짜 고기가 먹고 싶다'고 투덜거리곤 해. 배양육과는 다르다, 그쪽이 훨씬 맛있다고. 그래서 몇 년 전에 엄마가 설에 선물받은 상품권으로 '진짜 고기'를 사 와서 구워 먹었는데…… 우웩! 나랑 동생은 뱉어 버리고 싶었어. 배양육보다 훨씬 질기고, 이상한 잡내도 나더라고. 아빠는 그게 고기 냄새래. 그런 냄새가 나야 진짜 고기라고. 그날 아빠가 '진짜 고기'를 먹으면서 기분이 엄청 좋아 보여서, 분위기 맞추겠다고 많이 먹으려고 했는데도 반 접시 이상 먹을 수가 없었어. 학교 급식이 훨씬 맛있어. 난 콩고기보다는 배양육을 좋아하는데, 그 고기보다는 차라리 콩고기가 낫겠다 싶더라니까.

그뿐만이 아니야. 초등학교 때 배운 '제사' 있잖아? 음식을 차려 놓고 조상의 혼령을 초대한다는 예식. 할아버지가 돌아가시고 일 년 후에 아빠가 그걸 치러야 한다고 고집을 피운 적도 있어. VID30 때 거의 다 없어졌다고 하니 아빠도 어릴 때나 해 봤을 텐데 말이야. 그날 우리 엄마 아빠는 대판 싸웠어.

"니는 뿌리도 조상도 없나? 겨우 일 년에 한 번 돌아가신 분들 추억하고 친지들이랑 홀로그램으로라도 만나자는데, 그게 그렇게 못 할 일이가? 너거 아버지 아니라고 막 나가는 거가? 세상이 뒤집어져도 분수가 있지."

"니 말마따나 세상이 뒤집어진 지가 언젠데 제사를 지내자고 난리야. 행사 치러 봐라. 귀신도 손님이고 홀로그램도 손님이지. 홀로그램으로만 본다 그래도, 제사상 차린 거 보자, 집

안 깨끗하게 해 놓고 사는구나 마는구나, 시우랑 하영이 방 좀 보여 주라, 너네 애들은 잘 먹고 컸나 보다, 왜 이리 덩치가 크냐, 별소리가 다 나올 게 뻔한 걸 내가 모르냐? 내가 결혼하고 인사한다고 너네 집 한번 내려갔다가 아주 학을 떼었다, 학을. 사람을 앞에 두고서 대놓고 품평질을 해 대는데 홀로그램이라고 안 그럴 것 같냐? 꿈도 꾸지 마라. 그리고 내가 외동인데, 우리 아버지 돌아가시고 제사 한 번 지낸 적 없어. 그것 가지고는 한 마디도 안 하더니 이제 와서 뻔뻔하게 어딜 우리 아버지 타령이야. 정 하고 싶으면 니 돈으로 니가 장 다 보고 상 차려서 해라. 난 시우랑 정연이 데리고 방에 들어박혀 있을 테니까. 그건 또 싫지?"

한참 이러고 싸우더니 나중에 엄마가 내 방에 와서 한숨을 푹 쉬더라.

"아휴, 너희 아빠가 나쁜 사람은 아닌데…… 구식 남자는 어디 안 가나 보다. 우리끼리 잘 살면 되지, '자, 봐라, 내가 이 집 주인이고 이런 행사도 치른다' 하고 친척들에게 자랑하고 싶어 가지고. 시우 너는 저러면 안 된다. 여자한테 잘하고, 무조건 여자 말 잘 듣고, 쓸데없는 허세 부리지 말고 살아야 잘 사는 거야, 알겠지?"

엄마 아빠가 평소에 자주 싸우는 편은 아닌데, 한번 싸우면 옆에 있는 사람 덜덜 떨릴 정도로 싸워. 나는 이제 익숙해져서 괜찮은데 동생은 아직도 엄마 아빠가 싸우면 깜짝깜짝 놀라곤

해. 너희 집은 어떠니? 엄마끼리도 싸워? 우리 집에서는 엄마, 아빠라고 부르는데 너는 엄마 두 분을 어떻게 불러? 너도 동생이 있니?

너는 어떻게 지내는지 자꾸 궁금해지는 시우

── 궁금한 것이 많은 시우에게

미안한 얘기지만, 너희 집 엄마 아빠 싸운다는 얘기 보고 깜짝 놀랐어. 와, 너하고 네 동생이 있는 데서 싸운다고? 그거 불법 아니야? 미성년자가 있는 곳에서 부부 싸움을 하면 불법이라고, 아동 학대로 벌금을 내야 한다고 엄마들이 그랬는데.

엄마가 둘이면 부를 때 헷갈리긴 해. 우리 집에서는 성을 붙여서 서엄마, 강엄마라고 불러. 엄마나 아빠 들을 이름으로 부르는 집도 있다는데, 엄마들은 '엄마'라는 말이 너무 듣기 좋다고, 서엄마 강엄마로 불러 달래.

우리 엄마들도 싸우긴 싸우지. 아무리 좋은 사람이랑 같이 있어도 사람끼리는 다 싸우는 거랬어. 하지만 엄마들이 집에서 싸울 때는 각자 자기 방에 들어가서 텍스트 채팅으로 싸워. 음성 채팅으로 싸우면 내가 들을까 봐. 그래서 나는 엄마들이 무슨 일로 싸우는지 잘 몰라. 화난 얼굴로 자기 방에 들어갔다가, 나중에 어느 정도 풀려서 나오는 것만 봤을 뿐이야. 엄마들은 웃으면서, 자기들 같은 사람 때문에 텍스트 채팅이 아직 없어지지 않고 있는 거래.

나는 외동이야. 우리 엄마들은 대학원에서 AI 윤리를 공부하다 만났어. 졸업한 뒤에 결혼해서 한참 즐겁게 살다가, 어느 정도 커리어가 쌓인 다음 나를 갖기로 했어. 그래서 마흔이 되던 해에 나를 낳았어. 엄마들이 동갑이거든. 내가 인공자궁에서 나왔기 때문에 엄마들 몸이 상하지는 않았지만 그래도 육아는 큰일이었대. 엄마들은 한 해씩 번갈아 육아휴직을 하면서 나를 키우다 둘째는 갖지 말자고 합의했대. 아기는 너무너무 예쁘지만 둘은 못 돌보겠다고.

대신 우리 집에서는 고양이를 키워. 미양이라고 내가 어렸을 때 보호소에서 데려온 귀여운 삼색이야. 이제 열 살이니 고양이 중에서는 어르신이지만, 아직도 내 눈에는 아기 같아. 폰으로 연락하는 거면 고양이 홀로그램을 보내 줄 텐데, 이건 좀 아쉽다.

벌써 5월이 눈앞이네. 이번 학기엔 정상 등교 힘들 것 같지? 하지만 이렇게라도 편지를 주고받아서 그런지, 너하고는 굉장히 가까워진 느낌이야. 2학년 때 친구들이랑은 채팅을 하지만 3학년이 되어서는 곧바로 VR 수업에 들어가서 친구 사귈 틈이 없었잖아. 그래서 3학년 때 사귄 친구는 너뿐이야. 손으로 쓴 편지를 주고받는 건 네가 처음이고.

요즘 날씨가 참 좋지? 밖에 다니는 사람이 적어지니까 새로 돋는 나뭇잎은 더 반짝거리는 것 같고, 아직은 바람도 시원해. 딱 어디 놀러 나가고 싶은 날씨야. 밖에 나갔다가 병에 걸린 사람들이 한심하면서도 이해가 가는 날씨. 이번 주에 확진 환자들이 늘고 있다고 해서 걱정이야. 학교에 아예 못 가게 되면 답답하기도 하고, 너와 이렇게 편지를 주고받을 수도 없잖아? 너도 아프지 마.

이번 학기에는 아예 학교에 못 가게 될까 봐
걱정하는 보듬이

── 보고 싶은 보듬이에게

오늘은…… 편지를 쓰다가 첫머리부터 몇 번씩 지우고 버리기를 되풀이했어. 어떻게 말문을 열어야 할지 모르겠어. 어제 가족과 함께 외할머니 고별식에 다녀왔거든. 어제는 외할머니의 75세 생신이기도 했어.

75세가 되면 그때부터 선택사(死)를 할 수 있다고 학교에서 배우긴 했지만 실제 고별식에 참석하는 건 이번이 처음이야. 우리 외할머니는 71세부터, 그러니까 저번 팬데믹 즈음부터 시에서 운영하는 어르신 센터에 계셨어. 언제 무슨 병에 걸릴지 모르니 거기 계시는 게 마음이 편하다고 하시더라고. 생활 공간과 병원이 같이 붙어 있으니까 무슨 일이 있으면 병원으로 금방 연락이 간다고. 다행히 할머니는 센터에 계시는 동안 늘 건강하셨어.

고별실은 병동과 아예 다른 건물에 있더라. 고별동 입구에서 간이 검진을 마치고 안내 로봇을 따라가니 어둡고 긴 복도 끝에 할머니의 고별실이 있었어. 우리는 규칙대로 한 사람씩 들어갔어. 한 사람이 15분 동안 있을 수 있거든. 먼저 엄마가 들어갔다가 눈이 빨갛게 부어서 나왔고, 그다음에 아빠가 들어갔어. 세 번째가 나였어.

생각했던 거랑 달리 고별실 분위기는 밝았어. 우선 햇빛이 잘 들었고, 창가에는 장미며 다른 여러 가지 꽃이 유리병에 꽂혀 있었어. 벽에는 정물화가 걸려 있고 실내 스피커에서 작은 소리로 실내악곡이 흘러나오는 가운데 할머니가 침대에 앉아 계셨어. 내가 마스크를 벗고 인사드리자 할머니가 환히 웃으셨어. 고별식을 하는 분 같지 않게.

"시우, 이게 얼마 만이냐. 어서 앉아라. 중학교 입학식 때 보고 처음이지?"

"에이, 매년 할머니 생신 때 인사드리고, 엄마, 아빠, 저, 하영이 생일 때도 인사드렸잖아요. 설이랑 추석 때까지 하면 다달이 한 번은 뵀는데."

"에이그, 홀로그램으로 보는 거랑 직접 이렇게 보는 거랑 같니. 너희는 어떤지 몰라도 나이 든 사람한테는 다르단다. 그래, 학교는 잘 다니고?"

"팬데믹이잖아요. 3월부터 일주일에 한 번 가고 나머지는 VR 수업해요."

"저런, 그럼 심심해서 어떡하니."

"그렇죠, 뭐⋯⋯."

친구가 없어서 심심한가? 잘 모르겠어. 5학년 때까지는 친구가 제법 있었는데, 6학년 때 학교에 못 가다가 중학교에 올라오니 아는 애가 별로 없었어. 언제 다시 팬데믹이 시작될지 모른다고 생각하니 새로 친구 사귀기도 꺼려지고. 나만 이런 건 아닌지 작년에는 신문에 '팬데믹이 만든 새로운 중2병'이라고 기사가 나기도 했더라.

"지금은 어떤지 모르겠는데, 우리 때 학교는 별로 재미없는 곳이었단다. 지키라는 규칙은 많지, 부모랑 선생들은 공부해서 성적 올려야 한다고 밀어붙이지. 친구들과 잡담하고 장난치면서 공부한다고 같이 독서실 몰려다니는 게 그나마 숨통 트이는 일이었어. 어제도 고등학교 때 친구들이 고별식 한다고 꽃을 엄청 사 가지고 찾아와 줬단다. 물론 절반은 나보다 먼저 갔지만."

안타깝다는 듯이 나를 보며 말씀하시던 할머니가 창가의 꽃병을 가리키며 킬킬 웃으셨어. 나는 웃음 포인트가 어딘지 몰라서 멍하니 있었고. 그래도 할머니가 밝은 모습을 보여 주셔

서 다행이었어. 할머니가 침울한 얼굴을 하고 계셨다면 나는
어떻게 해야 할지 몰랐을 거야. 잠시 침묵이 흘렀어.

"할머니…… 왜 벌써 고별식을 하기로 하셨어요?"

나도 모르게 불쑥 물어봤어. 사실 노인이라고 다 고별식을
해야 하는 건 아니잖아. 돌아가실 때까지 사셔도 되고 85세에
다시 선택해도 되는데, 왜 굳이 제일 빠른 때인 75세에 고별식
을 하기로 하셨는지 궁금했어. 할머니는 생각에 잠긴 듯 잠시
창밖을 내다보다가 잔잔하게 미소 지으셨어.

"아마 내가 겁이 많아서 그럴 거야. 시우야, 할머니는 지금
까지 엄청나게 많은 일들을 봐 왔단다. 나라가 돈이 없어 망하
는 줄 알았던 때도 있고, 대통령이 강물 흐름을 죄다 바꿔 놓으
려 한 적도 있었어. 결혼해서 네 엄마를 낳고 얼마 지나지 않아
코로나19가 온 세상을 휩쓸었고. 그 후 2040년까지는, 너도 학
교에서 배웠지? 기후 대변화 기간. 그때는 정말 지구가 망하
는 줄 알았어."

"질병과 기후 변화 때문에 인구가 많이 줄었고, 화석연료
사용은 별로 줄지 않았지만 의외로 배양육이 상용화되면서 시
장을 지배한 덕택에 메탄 배출 규모가 축소되어 온난화를 줄
일 수 있었다고 배웠어요."

"교과서에서는 그렇게 짧게 줄여서 가르치겠지……. 하지만
네 엄마가 열 살 정도 되었을 때에는 다들 꼼짝없이 멸망하는
줄 알았단다. 네 엄마는 너만 할 때, 하늘에 구름이 끼기만 해도

이번엔 비가 며칠 동안이나 계속 올까, 혹시 우리 집은 물에 잠기거나 지진에 무너지지 않을까 겁을 냈어. 그즈음 사이비 종교에 빠져서 패가망신한 사람도 한둘이 아니었고. 2040년이 지나서야 과학자들이 '2020년 이전과 같을 수는 없지만, 인간은 지구에서 계속 살아갈 수 있다'고 말하기 시작했어. 하지만 여전히 사오 년마다 한 번씩 전염병이 세상을 휩쓸고 있지."

"네…… 바이러스가 계속 변이하고 옛날에 사라졌던 바이러스도 다시 나타나고 해서 현대 의학으로도 어쩔 수가 없다고……."

할머니가 한숨을 쉬며 고개를 끄덕이셨어.

"그래. 우리 때만 해도 세상은 좋으면 좋은 대로, 힘들면 힘든 대로 안정적인 구석이 있었어. 학교는 새 논에 심을 모를 길러 내는 모판 같은 곳이었고, 학생들은 옮겨 심어도 되겠다 싶을 만큼 자라면 졸업해서 사회로 나갔지. 노인들은 자식들에게 경제적 보조를 받으면서 살든가, 연금이나 공공근로에 의지해서 살았어. 그런데 요즘은…… 학교고 회사고 양로원이고 모두 민방위 훈련 때 들어가는 대피소 같아."

"민방위 훈련요?"

"요즘의 재해대비훈련을 옛날에는 민방위 훈련이라고 불렀단다. 원래는 전쟁을 대비하는 훈련이었거든. 민방위 경보가 울리면 전 국민이 긴장하고 집이나 대피소 같은 곳에 안전하게 틀어박혀 있어야 했어. 해제경보가 울려야 다시 일상으로 돌아갈 수 있었지. 요즘 우리 사는 거랑 비슷하지 않니?"

생각해 보니 그런 것도 같았어. 지역에서건 전 세계적으로 건 전염병이 돈다고 하면 외출과 여행을 자제하고 모임을 삼가야 하고, 일상생활에서 신경을 곤두세우게 되잖아. 나도 모르게 고개를 끄덕였지.

"그래서란다. 할머니는 잔뜩 긴장하고 있다가 좀 잠잠해졌다 싶으면 제자리로 돌아가고, 다시 경보가 울리면 긴장하고, 이런 생활을 계속하는 데 너무 지쳤어. 병으로 고생할까 봐 두려운 것도 있지만, 다음 경보가 언제 울릴까 걱정하며 하루하루 살아 나가는 것도 힘겨운 일이야. 이제는 치료 약이나 백신이 개발되었다는 소식을 들으면 마음이 놓이는 게 아니라 '아, 죽을 때까지 이런 일을 몇 번이나 더 겪게 될까' 하는 마음이 앞서는구나. 너희들에게 약한 모습을 보이기 싫은 것도 있고, 공익광고에서 늘 말하는 것처럼 '사회의 공공의료자원을 절약'하는 일이잖니."

할머니는 시계를 보더니 내게 손짓하셨어. 벌써 15분이 다 지나간 거야. 예상했던 일이지만 가슴이 덜컥 내려앉았어. 내가 주춤주춤 일어나 할머니께 다가가자 할머니는 내 어깨를 와락 안아 주셨어.

"와 줘서 고맙다. 할머니가 어렸을 때 같으면 '학교 잘 다니고 공부 열심히 해서 훌륭한 사람이 되어라' 같은 말을 했겠지만, 이제 그런 말은 구식이지. 어른들이 재미없는 세상을 만들어 놔서 미안하다. 그래도 하루하루 재미있게, 충실하게 살아 보렴. 그렇게 나쁘지는 않을 거야."

"할머니…… 안녕히 계세요."

울컥 눈물이 날 것 같아 나는 인사를 하는 둥 마는 둥 고별실에서 나왔어. 동생 하영이는 들어가기도 전에 벌써 눈이 발갛게 부어 있더라. 나는 하영이가 나올 때까지 기다리지 못하고 화장실에 가서 얼굴을 몇 번이나 씻었어. 거울 속에 눈과 코가 빨개진 얼굴이 비쳤어.

집으로 돌아올 때 우리 가족은 아무도, 어떤 말도 하지 않았어. 집에 들어오자 하영이는 곧장 자기 방에 들어가 문을 잠갔고, 나도 내 방에 들어가자마자 침대에 쓰러졌어. 어떻게 잠들었는지도 모르겠어.

누구나 친지들의 고별식을 한 번은 겪을 텐데, 이렇게 마음이 아프고 뒤흔들리는 건 이상한 일일까? 할머니가 유달리 나를 아껴 주시던 어른이라 그런 걸까? 며칠 후면 특별우편으로 외할머니 유골이 오고 엄마랑 외삼촌이 납골식을 치르겠지. 하지만 나는 어제 할머니가 돌아가신 것처럼 느껴져. 내가 할머니의 밝고 건강하신 마지막 모습을 본 것처럼.

넌 누군가의 고별식에 가 본 적이 있니?

할머니가 떠나시고,
적막한 우주 속에 혼자 남은 것같이 외로운 시우

── 시우에게

이번 편지를 읽고 나도 마음이 먹먹했어. 한편으로 너희 외할머니가 참 용기 있는 분이라는 생각도 들었어. 네 편지를 보고 짐작하기로는, 네 외할머니는 자신 있게 선택하고 평화롭게 고별식을 맞으신 것 같아. 분명히 좋은 곳으로 가셨을 거야.

친지 중에 내가 태어난 다음 돌아가신 분은 없지만, 나도 요즘 가끔 죽음에 대해 생각해. 죽음이란 어떤 걸까? 평상시에는 현실로 와닿지 않지만, 뉴스에서 확진자나 사망자 통계가 나오면 나도 모르게 죽음에 대해 생각하고 있어. 아프고 무서운 것, 그다음을 생각할 수 없는 사건…… 내가 직접 죽음을 목격한 적이 없어서인지, 죽음이란 막연하고 막연한 만큼 두려워.

부끄러운 이야기지만 작년에 죽고 싶다고 생각한 적이 있었어. 자세한 건 떠올리기 싫어. 그냥 친한 친구와 오해가 생겨서 한참 동안 걷잡을 수 없이 말려들어 갔다고만 이야기할게. 몇 주 동안 공부에 집중하지도 못하고, 그렇다고 다른 일을 할 수도 없었어. 그 친구 생각만 하면 가슴을 꼬챙이로 푹푹 찌르는 것 같았어. 그러다가 어느 날, 별것 아닌 이야기를 하다가 서엄마를 붙들고 울어 버렸어. 울면서 말했어.

"엄마, 나 너무 힘들어…… 죽고 싶어. 하지만 죽는 것도 무서워."

엄마는 나를 감싸 안고 어깨를 도닥이면서 달래 주셨어.

"우리 보듬이가 이제 어른이 되어 가는구나. 그래, 사는 게 무섭고 힘들어. 그건 누구나 다 그래. 하지만 살다 보면 '아, 이거, 예전에도 이런 걸 겪은 적이 있었지' 하고 점점 더 능숙해져. 지금 힘든 건 이런 일이 처음이라서, 십 대에 처음 겪는 일이 너무 많아서 그런 거야. 엄마도 처음에는 많이, 아주 많이 힘들었어. 기억하기도 싫을 정도로. 하지만 살면 살수록 더 나아지게 만들 수 있으니까, 오래 살자. 오래 살아야지, 응?"

그날은 하도 울어 머리가 멍멍해진 채로 잠들어 버렸어. 깨어나니까 미양이가 나를 위로해 주려는 듯이 침대 머리맡에 동그랗게 몸을 말고 누워 있었어. 그 모습을 보니까 자기 전에 죽고 싶었던 마음이 바람 빠진 풍선처럼 피식 김이 빠져 버렸어. 미양이를 붙잡고 털에 막 뺨을 비볐더니, 미양이는 별꼴 다 보겠다는 듯이 야오옹 울고 도망가 버리더라.

이런, 네가 너무 마음 아파하지 않았으면 좋겠다고 시작한 편지인데, 어쩌다 얘기가 이렇게 흘러왔지? 네가 계속 슬프면 나도 많이 슬플 거야. 우린 만나서 맛있는 걸 같이 먹으며 서로 위로해 줄 수도 없으니까.

지금은 정말 곁에서 너를 도닥여 주고 싶은 보듬이

—— 시우에게

이번 주엔 왜 편지를 안 가져갔니? 무슨 일 있어?

오늘 네 편지를 받을 거라고 기대했다가 당황한 보듬이

—— 시우에게

이번 주에도 안 가져갔네? 너 혹시 아픈 건 아니지?

덜컥 걱정에 빠진 보듬이

—— 보고 싶은 시우에게

다음 주면 벌써 방학인데 너는 계속 오지 않네. 너도 아픈 걸까. 정말로 네가 VID63에 걸린 걸까.

병이건 다른 사정이건, 어서 다시 너와 편지를 주고받고 싶어. 2학기에는 꼭 학교에서 너를 보고 싶어.

부디 이것이 큰 욕심이 아니기를.

방학 이틀 전, 보듬이가

제목: 서강보듬 학생 어머님들께 [메일 전달 건]

2063-08-31(금) 16:43

보내는 사람: 형설중학교3-5담임(lee***@hyeongseol.mddl.go.kr)

받는 사람: 서지연(Seo*****@gnmail.com), 강유빈(Bin****@gnmail.com)

보듬이 어머님들 안녕하세요. 형설중학교 3학년 5반 담임 이신영입니다. 무더운 여름이 지나고 금세 개학 시기가 되었습니다. 확진 환자도 줄어들고 있다는 반가운 소식이 들려옵니다.

보듬이 어머님께 따로 연락드리게 된 것은, 얼마 전 저희 반 학생에게서 메일을 받았기 때문입니다. 아시다시피 3학년 올라와서 새로 친구를 사귀기 어려운 환경이었지만, 윤시우라는 학생이 보듬이와 편지를 주고받으며 친해진 모양입니다. 이런 시대에 메일도 문자도 아닌 손 편지를 주고받으면서요! 시우 말로는 보듬이가 폰을 이용한 범죄를 조심하는 차원에서 번호를 알려 주지 않았다고 합니다.

안타깝게도 시우의 거주 구역이 방학 동안 집단 격리에 들어갔습니다. 현재는 해제 조치가 내려졌음에도, 그때 받은 충격이 컸는지 시우가 신학기 등교를 완강히 거부하고 있습니다. 담당 상담 선생님은 시우의 메일을 보듬이에게 전해 주면 시우에게 큰 도움이 될 거라고 하십니다. 메일은 첨부파일로 동봉합니다.

시우는 내성적인 학생이고, 우리 반에서 유일하게 친한 친구가 보듬이입니다. 보듬이에게 시우의 메일을 전해 주시고, 가능하면 시우가 학교에 나오도록 보듬이가 잘 설득해 주었으면 좋겠습니다.

두루 늘 건강하고 평안하시기를 바랍니다.

이신영 드림

보듬이에게

오랜만이야.

선생님한테 이야기 들었겠지만, 나 방학 전부터, 그리고 거의 방학 내내 격리되어 있었어.

이다음에 무슨 이야기를 해야 할지 모르겠어. 솔직히 내가 겪은 일이 꿈같기도 해. 내가 학교에 전혀 나가지 못한 게 방학하기 3주 전부터였던가? 2주 전?

그날이 수요일이었던 건 확실해. 네 편지를 다시 읽으면서 너한테 무슨 이야기를 할까 생각하고 있는데 동생이 자꾸 귀찮게 굴어서 화가 났거든. 동생을 방에서 내쫓고 다시 앉으려는데 구청에서 긴급문자가 왔어. 매지서운아파트 117동 3, 4호 라인 거주자는 집 밖에 있으면 얼른 집이나 가까운 보건소로 가라고.

설마 바이러스? 외출할 때면 항상 마스크를 쓰고 수시로 손을 씻고 다녔는데, 배운 대로 방역 지침을 꼼꼼히 지켰는데 바이러스가 이렇게 가까이에 있었다고? 믿어지지 않아서, 한참 멍하니 앉아 있었어. 그러고 있자니 119 수송차가 여러 대 와서, 우리 아파트 3, 4호 라인 사람들을 모두 싣고 시 외곽으로 향했어. 한 시간쯤 달렸으려나? 수송차는 멋이라곤 없는 10층짜리 하얀 건물 앞에 멈췄어. 차에서 내리자마자 방호복을 입은 의료진이 우르르 달려와 우리 체온을 재고, 즉석 진단 키트로 검사를 했어. 열이 있거나 바이러스가 검출된 사람은 그 자리에서 다시 차를 타고 격리 병실로 가는 거야. 나와 하영이는 다행히 아무 증상이 없었지만, 그 후 4주간 격리 시설에 있어야 했어. 엄마 아빠 어렸을 때는 자가격리를 하기도 했다던데, 개인의 자유에 맡겼더니 이탈자가 너무 늘어나서 어쩔 수가 없었대.

격리실은 좁아. 15m²쯤 되는 공간에 1인용 침대와 작은 식탁, 샤워 부스가 있는 화장실, 컴퓨터와 TV, 트레드밀이 들어가 있어 방이 꽉 찬 느낌이야. 따로 운동을 할 수 없기 때문에 하루 최소 30분씩은 트레드밀 위에서 걸어야 해. 아침에 일어나서 샤워하고, 문밖에 놓고 가는 세끼 식사를 챙기고, 시간이 되면 스피커에서 나오는 알림에 맞춰 30분 운동하고, 자기 전에 샤워하고…… 그러고 나면 할 일이 없어. 처음 일주일은 가족끼리 통화하고, 게임하고, 인터넷을 여기저기 돌아다니느라 몰랐는데, 어느 날 문득 아침에 깨어났는데 세수, 양치, 샤워 같은 일상적인 일 말고는 하루가 텅 비어 있는 느낌인 거야. 분명히 계속 흘러가야 할 시간이 고요히 멈춘 채 텅 빈 방처럼 나를 기다리는 그 느낌…… 참 이상했어. 분명히 옆방에 동생이 있고 근처에 엄마 아빠가 있어. 영상 통화나 홀로그램 통화도 할 수 있어. 인터넷도 접속되고. 하지만 새로운 일이 일어나지 않는 거야. 사람이 돌아다니고 다른 사람을 만나면 좋건 싫건 예상하지 못한 일들이 일어나는 게 정상인데, 그런 일이 없는 느낌이었어. 인터넷도, 통화도 귀찮고 숨을 쉬는 것도 답답해서 밤에 눈을 감을 때면 아침에 눈을 뜨기 싫다, 영원히 자고 싶다는 마음뿐이었어.

알고 보니 그게 격리 우울증이라더라.

격리한 지 2주가 지나면 심리검사를 한 번 해. 거기서 나는 중증 우울증이라는 진단을 받았어. 나머지 2주 동안은 식사에 우울증 약이 딸려 나왔고, 일주일에 세 번 홀로그램 상담을 해야 했어. 그렇게 지내고 나니 격리가 끝날 즈음에는 숨 쉬기 어렵다거나 하루를 보낼 생각에 막막해지고 아무것도 못 하겠던 증세는 거의 사라졌었는데…… 학교에 나간다고 생각하니까 다시 심해졌어.

나도 학교에 가고 싶어. 가서 교실에 앉아 선생님이랑 반 친구들과 어울려 수업받고 싶고, 네 책상에 편지를 넣고 네 편지를 받아 읽고 싶어. 하지만 문밖으로 나가려고 하면 다리가 뻣뻣이 굳고 몸이 움츠러들며 차가워져. 4주 격리 후 음성 판정을 받고 집에 돌아왔는데도 다른 사람의 눈길을 자꾸 의식하게 돼. 모두 나를 바이러스 보균자로, 우울증 환자로 보는 것만 같아서 집 근처에 심부름을 갈 때도 얼른 용건만 보고 들어와.

초등학교 때 옆 반에 발병했다가 완치되어서 학교에 나온 애가 있었거든. 다들 그걸 가지고 수군거렸고, 호기심 많은 애들은 누군지 보려고 그 반 복도 창문으로 몰려가기도 했어. 부끄럽지만 나도 한 번 가 봤어. 그 아이는 죄인처럼 외투를 뒤집어쓰고 책상 위에 엎드려 있었고, 그 반 선생님은 화를 내며 몰려 있던 아이들을 쫓아 버렸지. 이제 내가 코트를 뒤집어쓰고 엎드려 있을 차례일까? 상담 선생님은 그런 일이 일어나지 않을 거라고 말해 주시고, 나도 머리로는 그렇지 않을 거라고 생각하지만…….

이 편지도, 상담 선생님이 쓰라고 권유하시지 않았으면 아마 못 썼을 거야. 상담 선생님은 내게 학교생활에서 가장 그리운 게 무엇인지 물어보셨어. 수업? 친구들? 방과 후 활동? 평범한 일과? 하나하나 뜯어보니 나는 생각보다 학교에 별로 애착이 없더라고. 수업은 인강으로 받으면 되고, 중학교 와서 사귄 친구들은 다 데면데면해. 어차피 방과 후 활동은 온라인으로만 하고 있고, 규칙적인 일과를 지키는 건 지금의 나에게는 너무 힘들어. 예전에는 어떻게 그렇게 힘들이지 않고 자연스럽게 해냈는지 모르겠어. 지금은 팔다리에 커다란 쇳덩이가 달린 것처럼 그저 아침에 일어나는 것도 힘든데.

그렇게 하나하나 빼고 나니 네가 남았어. 얼굴을 마주하고는 얘기해 본 적도 없는, 하지만 누구보다 속에 있는 이야기를 많이 한 것 같은 내 친구, 보듬이가.

내가 학교에 가고 싶은 마음이 아직 남아 있다면, 그건 널 만나고 싶어서일 거야.

하지만 학교에 나갈 용기는 없는…… 시우

—— 보고 싶은 시우에게

드디어 네 메일을 받았어. 학원에 다녀와 마스크를 벗자 강엄마가 웃으며 "선물!" 하고 내민 종이가 네 편지였을 줄이야! 결국 엄마들이 다 알게 되어 조금 쑥스럽기는 했지만 네 소식을받았다는 기쁨이 더 컸어. 이제 메일을 주고받아도 된다는 허락을 받았지만, 이번까지는 네게 손으로 쓴 편지를 주고 싶어. 담임 선생님이 전해 주실 거야.

그토록 소식이 없는 걸 보니 격리되거나 발병했을 거라고예상은 하고 있었지만, 네가 직접 쓴 글을 보니 생각보다 마음이 더 아팠어. 우울증까지 걸렸다니 얼마나 힘들었을까.

학교에 나오기 싫은 것도 이해해. 네가 근거 없는 걱정을 한다고 말하고 싶지만, 그렇지 않은 거 아니까. 어렸을 때처럼 남의 교실까지 찾아가 들여다보지는 않더라도, 같은 반 친구들이 바라보는 눈빛이 다르게 느껴질 테고 아는 아이들은 네가괜찮은지 확인한다며 일부러 찾아오기도 하겠지. 그런 일 하나하나가 네게는 칼에 벤 듯한 상처가 될 테고. 내가 모르는 다른 사람에게 일어난 일이라면 나도 달랐을지 몰라. 나만 그런것도 아닐 거야. 사람들은 이제 사회적으로 거리 두는 법을 알지만, 다른 사람에게 상처 주지 않고 우아하게 거리 두는 법은아직 익히지 못한 것 같아.

하지만 화가 나. 네가 병에 걸리고 싶어서 일부러 위험한 곳을 찾아간 것도 아닌데. 조심조심 일상생활을 하다가 감염 경로도 모른 채 격리되거나 발병하는 건 네 탓이 아니잖아. 그건 누구의 탓도 아니야. 우리는 적어도 질병을 하늘이 내린 벌이라고 생각하는 중세 사람들보다는 더 많이 알고 있는데, 그에 걸맞게 행동하지 못한다는 게 속상해. 그것 때문에 네가 상처받는 것도 속상하고.

그래서 난 더더욱 네가 학교에 나왔으면 좋겠어. 너 오면 둘이 만날 수 있게 해 준다고 담임 선생님이 약속하셨어.(물론 마스크를 쓰고 만나야 하겠지만.) 학교에 나온 너를 직접 만나고 싶은 마음이 크지만, 무엇보다 네가 질병이나 다른 사람들의 눈길 때문에 학교생활을 빼앗기지 않았으면 좋겠어. 마땅히 네 몫이어야 하는 거고, 당연히 네가 누려야 하는 거잖아. 한 걸음씩 물러나다 보면 어디까지 밀릴지 몰라.

재촉하는 건 아니야. 네가 학교에 나오지 않는다고 해도, 중학교를 졸업하기 전에는 보게 되겠지. 이제 허락받고 집에 놀러 와도 되고, 학교 근처에서 약속 잡아 만날 수도 있을 거야. 그래도 난 널 학교에서 보고 싶어. 우리가 편지를 주고받기 시작한 곳, 네가 언젠가는 되찾을 너의 공간에서.

그때를 기다릴게.

너를 만난 3학년을 절대 잊지 못할 보듬이

엮은이의 말

처음 이 단편집을 기획할 때는 분명히 오래전에 학교를 졸업한 개구쟁이의 마음을 품고 있었던 것으로 기억한다. "예전이나 지금이나 학교는 답답하고, 낡고, 자유로운 개성을 옥죄는 장소야!" 하고 학교 밖에서 외치고 싶은 마음.

그러나 그것은 코로나 전이었다. 코로나19가 찾아오면서 우리가 당연한 것으로, 때로 답답한 것으로 여기고 살았던 일상의 모든 것이 전과 다른 의미를 가지게 되었다. 학교를 벗어나고 싶긴 했지만, 학교 못 가는 세상은 상상해 본 적이 없었다. 개별적으로 학교에서 탈주하는 삶은 보거나 상상한 적이 있지만, 또래 친구들과 부대끼고 싸우고 화내고 같이 웃고 즐거워하는 생활이 전국 또는 전 세계에 걸쳐 사라져 버릴 수 있다는 상상은 해 본 사람이 없었으리라. 늘 그렇듯이, 현실이 상상을 뛰어넘었다.

그래서인지, 사전에 약속한 게 아닌데도 이 단편집은 전반적으로 학교에 대한 따스한 시선을 담고 있다. 표제작인「교실 맨 앞줄」(정소연)의 주인공은 왕따를 당하다가 공간을 쪼개는 무시무시한 초능력을 갖게 되지만, 그것으로 학교를 완전히 부숴 버리거나 자신을 따돌리던 아이들을 먼 곳으로 보내 버리지 않는다.「도서실의 귀신」(김성일)에서 학교는 보이지 않는 친구와 교감하며 스스로를 성숙하게 하는 공간이다.「해골성 가상 캠프」(박하익)의 학교 프로그램은 표면적으로는 입시 가산점을 얻는 방편으로 보이지만, 결국 청소년이 자신의 약점을 극복하도록 돕는 역할을 한다.「백 명의 공범과 함께」(구한나리)의 학교는 오히려 폭력이 벌어지는 공간인 가정에서 탈주할 수 있는 가능성과, 그 가능성을 돕는 사람들을 보여 준다.

「공녀님은 기사가 되고 싶어서」(이지연)는 이 단편집의 유일한 판타지 장르다. 이 단편이 성적에 일희일비하면서 열심히 공부하고 친구를 얻고 진로를 정하며 학업을 마치는 고전적인 학교생활을 그린다는 사실은 그래서, 매우 아이러니하다. 그 '고전적인 학교생활'의 평화와 긴장을 말하면서도 '이거 다 판타지야, 사실은 이러기 힘들어'라는 전언을 품고 있을 수 있기 때문이다.

「아발론」(듀나)은 학교의 한 축인 교사가 주인공이다. 학생들을 가르치고 새로운 가능성을 열고자 하는 교사들의 연대가 전혀 달라 보이는 두 세계를 잇는 가교가 된다.「과학상자 사

227

건의 진상」(이산화)의 주인공은 학교에서, 나아가 이 세상에서 벗어나 자신이 행복할 수 있는 세계로 가는 열쇠를 쥐고도 이 세상을 선택한다. 획득보다 값진 포기를 통해 청소년과 이 세상이 조금 더 성장하는 이야기이다. 「거리두기 2063」(송경아)은 팬데믹의 갑갑함이 우리 다음 세대에서는 일상적인 일이 될 때, 학교가 어떻게 또래와 이어지는 다리로 남아 있을 수 있는지에 대한 상상이다.

학교에서 떨어져 있던 아이들이 다시 학교생활의 이모저모를 경험하고 느낄 때, 이 단편집이 그 아이들 옆에서 도담도담 친구가 될 수 있었으면 좋겠다. 그리고 올해는 학생이 학교에 가는 삶이 일상으로 지속되기를 바랄 뿐이다.

송경아